아름다운 세상을 꿈꾸다

여성이 세상을 바꾸다 3

아름다운 세상을 꿈꾸다

최세희, 전성원, 손동수 지음

2009년 4월 20일 처음 찍음 | 2011년 5월 20일 세 번 찍음
펴낸곳 도서출판 낮은산 | 펴낸이 정광호 | 편집 정우진 | 제작 정호영 | 디자인 박대성
출판 등록 2000년 7월 19일 제10-2015호
주소 서울시 마포구 서교동 395-179 미르빌딩 6층 | 전자우편 littlemt@dreamwiz.com
전화 (02)335-7365(편집), (02)335-7362(영업) | 전송 (02)335-7380
출력 • 제판 나모 에디트 | 인쇄 • 제본 상지사 P&B

* 이 책에 실린 사진 가운데 일부는 출간일까지 저작권자를 찾지 못했습니다.
  빠른 시일 안에 저작권자를 찾아 정식으로 허락을 받고자 합니다.
* 이 책에 나오는 스페인어, 프랑스어 표기는 현지 발음에 가깝게 경음을 사용하였습니다.

ISBN 978-89-89646-55-6 44810

여성이 세상을 바꾸다 3

아름다운 세상을 꿈꾸다

낮은산

● '아름다움'으로 약자의 진실과 슬픔을 담아내리라 ──────

　지난 2008년 봄, 대한민국 사람들은 할 말이 무척 많았습니다. 남녀노소 할 것 없이 사람답게 살고 싶다며, 불평등 교육, 병든 소를 거부하겠다며, 소외받은 자들에게서 더 뺏지 말라며, 거리로 몰려나와 소리 높여 외쳤습니다. 누군가는 집회라고도, 좀 오래 산 사람들은 데모, 시위라고, 조금 들뜬 사람들은 혁명이라고도 했습니다. 그런데 흔히 알고 있는 집회, 데모, 혁명과는 좀 달랐습니다.

　2008년 봄, 그 거리에는 생각지도 못한 다양한 풍경이 벌어졌습니다. 아이들이 손수 집에서 만들어 온 촌철살인의 푯말과 구호는 사람들을 웃게도 하고 고개를 끄덕이게도 했습니다. 악기를 들고 나온 사람들이 연주를 하자, 둘레에 삼삼오오 모여들어 따라 부르며 어깨를 들썩였습니다. 다양한 캐릭터로 분장을 하고 나온 아이들도 있었습니다. 몰려드는 사람들을 막기 위해 경찰들이 컨테이너 박스를 쌓자, 사람들은 그 삭막한 '산성'을 자신들의 주장을 담은 아름다운 벽으로 탈바꿈시켰습니다.

　광화문과 시청을 가득 메운 촛불의 행렬은 그 어떤 기도보다 순수하고 열정적이며 뜨겁게 타올랐습니다. 총과 칼은 없었지만, 그 어느 때보다 치열한 싸움이었습니다. 그 치열한 표현, 이야기가 바로 예술이었습니다. 아름다움이었습니다.

　사실 오랜 역사를 거치면서 수많은 사람들이, 수많은 방식으로 '예술'을 정의해 왔습니다. 가깝게는 일상생활에서 항상 흥얼거리게 되는 대중가요를 친근한 예술로 보는 사람이 있는가 하면, 베토벤의 음악, 다빈치의 그림, 톨스토이의 문학만이 진정한 예술이라고 보면서 나머지 것들을 천박한 '딴따라' 짓거리라고 비하하는 사람도 있습니다. 이 세상에는 60억의 인구만큼 다양한 예술이 있습니다.

그 수많은 예술 장르와 예술가 가운데, 가슴 아프게 세상을 바라보고, 그 슬픔과 진실을 이야기하려 한 네 사람을 돌아보고자 합니다. 가진 자들의 세상에서 거의 드러나지 않았던 약자들의 이야기, 그들의 아름다움을 노래로, 그림으로, 사진으로, 영화로 표현한 네 명의 여성 예술가들입니다.

칠레 민중음악의 디바인 비올레따 빠라는 민중의 질박한 삶, 비극적 역사 속에서도 꿋꿋하게 지켜 온 원주민의 위대한 영혼을 평생 노래했으며, 세상에서 금지된 것들을 사진으로 드러낸 다이앤 아버스는 인간의 육체가 지닌 장애와 기형이라는 고통을 초월해서, 한 인간이 지닌 존엄에 대해 이야기했습니다.

또한 최근의 예술 장르인 영화를 무기로 든 유잔 팔시는 흑인과 여성이라는 두 겹의 편견을 깨고, 억압받는 식민지 고향, 그곳에 살고 있는 흑인들의 모든 고통과 기억, 자긍심과 선한 영혼을 담은 영화를 만들고 있으며, 제국주의와 두 차례의 세계대전, 경제공황과 무자비한 파시즘이라는 역사의 소용돌이를 지나온 케테 콜비츠는 어린이, 노동자, 여성처럼 짓밟히는 사람들의 아픔과 슬픔을 판화로 표현해 냈습니다.

예술은 약자의 슬픔과 진실을 되새기게 해 주며, 세상을 바꾸는 또 다른 무기라고 할 수 있습니다. 자, 이제 네 명의 여성 예술가들이 그려 낸 아름다움, 진심으로 바랐던 세상으로 들어가 볼 시간입니다.

2009년 4월 최세희, 전성원, 손동수

VIOLETA PARRA

민중의 삶을 노래한 가수

비올레따 빠라

칠레, 1917~1967

어린 비올레따는 주말이면 기타를 들고 시골 친척 집에 놀러 가서
자연 속에서 노래를 부르고는 했다.
음악과 시골, 그것이 당시 비올레따의 유일한 즐거움이었다.
"나에게 진정한 교육의 기회를 제공한 건 도시의 학교가 아니었습니다.
나의 학교는 머리칼을 훑고 지나가는 시골의 바람과
농촌 사람들이 들려주는 아름다운 민요와
그에 얽힌 옛사람들의 이야기였습니다."

어린 두 자식을 데리고 과자 공장에 마련된 무대에 오른 비올레따는
강렬한 원색의 아름다움이 돋보이는 안데스 뽄초를 입고 있었다.
산띠아고 시민들이 보는 가운데 비올레따의 노래가 시작되었다.
칠레의 붉은 토양처럼 질박하고 북쪽 지방 설원처럼 경건한 비올레따의 노래는
칠레 민중의 투박하지만 유구한 삶을 만나는
새로운 장을 만들어 가고 있었다.

산띠아고의 평원이든 어디든 텐트를 세운 비올레따는
테이블과 악기를 갖춘 뒤 공연을 펼쳤다.
비올레따는 칠레 민중이 처한 비극적인 현실과 끝이지 않는 전쟁의 참상을 노래했다.
슬픔에서 의지를, 분노에서 해학을 찾아낸
가장 가난하지만 가장 위대한 민중의 고결한 숨결과 같은 노래였다.
노숙이나 다름없는 텐트 생활은 힘겨웠지만
민중의 편에서, 민중을 위해 노래한 비올레따의 진실은 거침없이 퍼져 나갔다.

내게 이토록 많은 것을 준 삶에 감사합니다
삶은, 내가 생각하고 말할 수 있는 소리와 언어, 문자를 주었고
어머니와 친구, 형제들 그리고 내 사랑하는 이가 걸어갈
영혼의 길을 밝혀 줄 빛도 주었습니다

내게 이토록 많은 것을 준 삶에 감사합니다
삶은, 피곤한 발로도 전진할 수 있게 해 주었습니다
나는 그 피곤한 발을 이끌고 도시와 늪지, 해변과 사막, 산과 평야, 당신의 집과 거리
그리고 당신의 정원을 걸어갈 수 있었습니다

내게 이토록 많은 것을 준 삶에 감사합니다
삶은, 인간의 정신이 열매를 거두는 것을, 악으로부터 선이 해방되는 것을
그리고 당신의 맑은 눈 깊은 곳을 응시할 때
내 심장을 온통 뒤흔드는 마음을 주었습니다

내게 이토록 많은 것을 준 삶에 감사합니다
삶은, 웃음과 눈물을 주어 슬픔과 행복을 구별할 수 있게 해 주었고
내 슬픔과 행복은 나의 노래와 여러분의 노래가 되었습니다
이 노래가 바로 그것입니다
그것은 우리들 모두의 노래이기도 합니다
세상의 모든 노래가 그러하듯
내게 이토록 많은 것을 준 삶이여, 감사합니다.

〈삶이여, 감사합니다〉에서

자연과 음악의 요람에서 태어나다

1917년 10월 14일. 칠레 남부의 농촌, 누블레의 작은 마을 산 까를로스에서는 칠레의 자연과 민중과 음악이 하나임을 알린 음유시인이 태어났다. 비올레따 델 까르멘 빠라 산도발 Violeta del Carmen Parra Sandoval. 훗날 칠레의 민중음악 혁명인 누에바 깐시온의 대모가 되고, 비올레따 빠라로 잘 알려지게 되는 그 이름의 주인공이다.

비올레따의 아버지 니까노르 빠라는 음악가로, 산 까를로스의 한

학교에서 음악 교사로 재직 중이었다. 어머니 끌라리사 산도발은 전형적인 농촌 아낙이었다. 낮은 구릉에 올망졸망한 집들이 있는 전형적인 농촌, 산 까를로스는 메스띠소스페인인과 인디오의 혼혈의 피가 섞인 비올레따에게 일찍부터 인생과 음악의 이정표가 된 중요한 배경이었다. 또한 대서양과 안데스 산맥 한가운데에 있어서 그곳 농민들은 때로 극심한 폭풍우와 홍수에 시달리기도 했다. 하지만 천혜의 자연환경이 눈부시게 아름다운 곳이었다. 어린 소녀 비올레따는 그곳의 산과 들을 뛰어다니며, 어머니가 가르쳐 준 민요를 즐겨 불렀다.

어머니는 뛰어난 노래 실력을 갖추었을 뿐만 아니라, 칠레의 오래된 구전민요에도 도통했다. 어머니는 비올레따가 태어날 때부터 자연의 아름다움과 서민의 애환이 깃든 음악을 들려주었다. 비올레따가 칠레의 자연과 민중과 음악이 하나라는 사실을 일찍 깨닫는 데에는 그러한 어머니의 영향이 컸다.

"비올레따는 칠레의 변두리 지방인 산 까를로스라는 관문을 거쳐 세계로 나아갔습니다."

훗날, 비올레따의 음악을 젖줄 삼아 빠라 이후 칠레 대중음악 운동에 적극적으로 뛰어들었던 빠뜨리시오 만스는 비올레따의 어린 시절에 대해 그렇게 말했다. 전 세계에서 남북으로 가장 긴 나라, 사막에서 빙하에 이르는 다양한 자연환경과 구리를 비롯한 갖가지

광물자원이 풍부한 나라 칠레. 예술혼으로 통하는 관문이었던 축복받은 자연 조건은 동시에 궁핍과 부조리의 관문이기도 했다. 하지만 그 축복받은 땅의 자식들, 특히 1천2백만 명에 이르는 칠레 농민들의 삶은 언제나 비참하고 힘겨웠다. 그들은 칠레의 오랜 내전과 고질적인 빈부 격차의 희생양이었다. 비올레따가 태어난 지 3년 뒤인 1920년, 칠레의 새 대통령 아르뚜로 알레산드리 빨마가 중산층과 노동계급을 대변하는 개혁 정치를 펼치기 시작했지만, 만민 평등과 복지는 여전히 멀기만 했다. 지식인 아버지를 두었지만 가난을 면치 못했던 비올레따의 집안 사정도 마찬가지였다.

●

열한 살 소녀, 인형 대신 기타를 집어 들다

●

불안정한 교직 생활 탓에 아버지는 자주 직장을 옮겨 다녔다. 1921년, 비올레따 가족은 산 까를로스를 떠나 이곳저곳을 전전하던 중 대도시 라우따로로 이사했다. 이사한 지 얼마 지나지 않아 비올레따에게 평생의 상처가 될 불행이 닥쳤다. 당시 칠레 전역에 불어닥친 천연두는 다섯 살배기였던 비올레따도 비껴가지 않았다. 수만 명의 사상자를 낸 천연두의 저주를 이기고 다행히 살아났지만, 비올레따의 얼굴에는 평생 지워지지 않는 상흔이 새겨졌다. 학교에 입학하면서부터는 얼굴의 상처가 마음의 상처로 깊어졌다. 또래들은 비올레따의 얼굴을 손가락질하며 웃어 댔다.

어린 비올레따에게 학교는 곧 지옥이었다. 또한 칠레의 아름다운 산자락을 볼 수 없는 도시의 환경도 비올레따를 괴롭혔다. 그렇게 고독하고 삭막한 세상 속에서 힘들어하던 어느 날 비올레따에게 새로운 세계가 열렸다. 바로 음악이었다. 열한 살이 되던 1927년, 비올레따는 다른 형제자매와 함께 기타를 배우기 시작했다. 그러고는 어렸을 때 어머니께 듣고 배운 칠레의 민요를 주로 연주했다. 그렇게 어린 소녀는 새로운 도피처이자 은신처를 발견했다. 주말이면 기타를 들고 시골 친척 집에 놀러 가서, 자연 속에서 노래를 부르고는 했다. 음악과 시골, 그것이 당시 비올레따의 유일한 즐거움이었다. 훗날 자서전에서 비올레따는 이렇게 회고했다.

"나에게 진정한 교육의 기회를 제공한 건 도시의 학교가 아니었습니다. 나의 학교는 머리칼을 훑고 지나가는 시골의 바람과 농촌 사람들이 들려주는 아름다운 민요와 그에 얽힌 옛사람들의 이야기였습니다."

사춘기에 접어들어서 비올레따는 기타 줄을 튕기며 작곡을 시작했다. 그러면서 학교가 아닌 산과 들에서, 교과서가 아니라 어머니와 아버지와 같은 칠레 사람들의 삶에서 영감을 얻은 음악을 자신의 이정표로 삼았다. 낭만으로 가득 차서 섣부르게 한 결심은 아니었다. 농민에게 땅이 그러했듯이 비올레따에게 음악은 삶의 조건이자 본질이 되었다. 소녀 비올레따는 기타를 들고 거리와 주변의 농가를 찾아다니며 노래를 부르고는 했다. 그러고 나서 저녁이 되면 집에 돌아와 노래의 대가로 얻은 달걀과 우유, 과일 같은 양식을 어머니에게 드렸다. 더 이상 공부를 할 수 없는 현실에서 음악은 비올레따가 스스로 택한 대안이었을지도 모른다.

극빈한 생활고는 어떻게 해도 안정될 기미가 보이지 않았다. 교육의 중요성을 너무나 잘 알면서도 가난 때문에 자식 모두를 학교에 보낼 수 없었던 부모의 아픔을 소녀 비올레따는 일찍부터 헤아리고 이해했다. 하지만 풍부한 예술적 감성을 지녔던 아버지는 이러한 현실에 너무도 힘들어했다. 1932년, 오빠의 학업 때문에 가족은 칠레의 수도 산띠아고에 있는 친척 집에 얹혀살게 되었다. 그즈음 아버지는 알코올 중독에 빠져 절망적인 상태였다. 가족 가운데 한 명이라도 생계 전선에 나서지 않으면 안 되었다. 어느 날 비올레따는 어머니에게 자신의 결심을 밝혔다.

"저는 학교에 다니지 않을래요. 오빠 학비에 보탬이 되는 일을 찾아볼게요."

대학을 가는 대신, 산띠아고의 기술학교에서 기술을 배우면서 일거리를 구하던 비올레따가 찾아간 곳은 서커스단이었다. 여동생 일다를 데리고 서커스 단장을 찾아간 소녀는 당돌하면서도 영민하게 눈을 반짝이며 말했다.

"저희 자매는 노래를 잘 불러요. 기타도 칠 줄 알고요."

●

거리의 디바, 비올레따

●

거리에서 노래하는 소녀 가수의 삶이 시작되었다. 비올레따는 서커스단의 공연 때마다 동생과 노래하고 춤추며 호객을 했고, 서커스단 일을 하지 않을 때에는 근교의 동네인 마뽀초의 볼링장과 기차역과 식당을 찾아다니며 노래를 했다. 그 시절 비올레따는 볼레로, 란체라, 꼬리도 등 라틴아메리카 전통음악 스타일의 노래를 했다. 그 가운데에서도 칠레 민중들의 질박한 삶을 표현한 〈초록색 개똥지빠귀 El Tordo Azul〉와 〈백성 El Popular〉은 비올레따가 즐겨 부르는 레퍼토리였다.

아침에는 기술학교를 다니고 오후에는 거리로 나가 노래를 부르며 바쁘게 살아가던 어느 날, 슬픈 소식이 날아들어 비올레따의 가슴을 찢어 놓았다. 아버지가 알코올 중독으로 세상을 떠났다는 것이었다. 비올레따가 열여덟 살이 되던 해였다. 음악이 무엇인지 가르쳐 준 첫 스승인 아버지의 비극적인 죽음. 하지만 아버지뿐만 아니라 많은 칠레 민중들 역시 그러한 비극 속에 세상을 떠났다. 자신도 모르는 사이에 비올레따의 마음에는 칠레 민중의 위대한 삶과, 그럼에도 빈곤과 억압에 시달리는 그들의 처지를 음악으로 세상에 알려야겠다는 결심이 싹트고 있었다.

"입에서 입으로만 떠도는 민요를 찾아야 돼. 그 안에 진짜 민중의 삶이 숨겨져 있으니까."

1938년, 비올레따의 삶에 또 한 번 중대한 변화가 찾아왔다. 스물두 살의 처녀 비올레따는 한 남자를 만나게 되었다. 그의 이름은 루이스 세레세다, 철도역의 노동자였다. 철도역 앞에서 노래를 부르다 알게 된 세레세다와 비올레따 사이에는 흔한 말로 불꽃이 일었다. 그래서 만난 지 얼마 안 됐지만 바로 결혼식을 올렸다. 그리고 일 년 뒤, 첫딸 이사벨이 태어났다. 그리고 4년 뒤, 부부는 산띠아고 근교의 항구 도시 발빠라이소로 이사했고, 같은 해 둘째 아들 앙헬이 태어났다.

이렇듯 몇 년 동안 결혼과 출산으로 정신없이 바쁜 가운데에서도 비올레따는 꾸준히 노래했다. 앙헬을 낳은 1943년, 그동안 쭈욱 비올레따가 해 온 길거리 공연을 눈여겨본 한 공연 회사가 계약을 하자고 찾아왔다. 드디어 비올레따는 산띠아고만이 아니라, 칠레 전 지역을 돌며 자신의 음악 메시지를 전할 수 있는 기회를 얻게 되었다. 산후 조리가 끝난 지 얼마 되지 않았지만 비올레따는 열정적으로 여행을 다니며 스페인의 음악을 비롯해 〈5월의 비올레따 Violeta de Mayo〉와 같은 노래도 관객에게 선보였다. 그리고 이듬해인 1944년에는 스페인의 한 극장에서 주최한 노래 경연대회인 '바께다노'에서 우승을 차지하기도 했다. 비올레따에게는 뮤지션으로서 자신의 이름을 공식적으로 처음 알리는 작지만 큰 계기였다.

1945년, 다시 산띠아고로 돌아왔을 때 비올레따는 더 이상 생계 때문에 기타를 들고 거리에 나서는 가수가 아니었다. 민중과 소통하고 민중의 삶을 대변하는 예술가로 성장해 있었다. 그즈음 한 남자가 비올레따를 찾아왔다.

"저는 과자 공장을 운영하고 있습니다. 당신의 명성은 익히 들어 알고 있어요. 당신을 후원하고 싶습니다. 공연을 해 주세요."

무엇보다 공장 노동자들에게 노래를 들려줄 수 있다는 생각에 비올레따는 흔쾌히 그의 제안을 받아들였다. 어린 두 자식을 데리고 과자 공장에 마련된 무대에 오른 비올레따는 강렬한 원색의 아름다움이 돋보이는 안데스 뽄초 흔히 '판초'라 부르는 옷과 비슷한 칠레의 전통 의상를 입고 있었다. 산띠아고 시민들이 보는 가운데 비올레따의 노래가 시작되었다. 칠레의 붉은 토양처럼 질박하고 북쪽 지방 설원처럼 경건한 비올레따의 노래는 칠레 민중의 투박하지만 유구한 삶을 만나는 새로운 장을 만들어 가고 있었다.

첫 녹음을 하는 비올레따

결혼 초만 해도 남편 세레세다는 든든한 후원자였다. 그런데 시간이 지나면서 남편은 점점 어린 자식을 데리고 거리를 전전하며 노래하는 비올레따를 이해하지 못하고, 격려해 주지 않았다. 그러나 비올레따는 전통과 관습 안에 안주하며 살고 싶지 않았다. 딸 이사벨도 그렇게 키울 생각이 없었다. 또한 일상의 열린 공간에서 노래하겠다는 비올레따의 소명 의식을 꺾기는 쉽지 않았다. 산띠아고로 돌아온 지 3년 만인 1948년, 결국 비올레따와 세레세다는 이혼하기로 합의했다. 그러고는 이사벨과 앙헬은 비올레따가 키우기로 했다.

이혼 뒤, 비올레따는 여전히 어린아이들을 데리고 거리에 나가 노래를 부르며 더욱 적극적으로 음악 활동을 펼쳐 나갔다. 그리고 어릴 때 서커스단에서 함께 노래를 했던 여동생 일다에게 자신의 뜻을 함께해 나가자고 설득했다.

"어렸을 때하고 다를 것 없어. 어머니와 아버지도 우리가 계속 음악을 해야 한다고 생각하실 거야."

그렇게 비올레따 자매의 듀엣, '빠라 자매 Las Hermanas Parra'가 탄생했다. 비올레따는 일다와 함께 노래하면서 자식들에게도 본격적으로 음악을 가르치기 시작했다. 민요에 얽힌 이야기를 들려주고, 노래를 따라 하게 하고, 또 기타를 가르쳤다. 어머니의 핏줄을 이어받은 이사벨과 앙헬은 금세 음악적인 재능을 드러냈다.

그러던 가운데 1949년, 비올레따는 루이스 아르세라는 남자를 만나 결혼했다. 그는 집이 아닌 거리의 삶을 살면서 노래하겠다는 비올레따의 열정과 소명 의식을 이해해 주는 사람이었다. 남편의 전폭적인 지지 아래, 비올레따는 자기의 노래를 듣고자 하는 곳이면 어디든 달려갔다. 이제 칠레의 땅 어디나 비올레따의 무대였다. 또한 칠레 인구의 60퍼센트가 넘는 메스띠소 하층민들은 비올레따 노래의 주인공이자 주제였다. 라틴 기타 하나만 들고 거리에서 신실하고 영적인 목소리로 민중들의 진짜 삶을 노래하는 비올레따는 칠레 민중들에게는 이미 시인이며 디바였다.

그리고 비올레따가 공연하는 곳에는 자기들에 대한 노래를 듣기 위해 온 민중뿐만 아니라 점차 다양한 부류의 사람들도 모여들기 시작했다. 그 가운데에는 유명한 다국적 레코드 레이블인 RCA 빅터 관계자도 있었다.

"빠라 자매의 명성을 듣고 왔습니다. 당신들의 노래를 녹음하고 싶습니다."

평소처럼 거리 공연을 끝낸 빠라 자매에게 다가온 레이블 관계자가 말했다. 빠라 자매의 음악이 거리에서 스튜디오로, 무형에서 유형의 문화유산으로 변하는 순간이었다.

드디어 첫 녹음을 하는 날, 비올레따는 앞으로 레코드를 통해 더 많은 칠레 민중을 만날 수 있으리라는 기대로 RCA 빅터 레이블이 마련한 스튜디오에 들어섰다. 생애 처음으로 자신의 목소리를 기록 매체에 남기려는 순간이었다.

비올레따는 그 첫 노래로 유령선의 설화를 바탕으로 한 칠레 민요 〈깔루체 Caluche〉와 비극적인 사랑 이야기를 담은 또 다른 민요 〈유다 Judas〉를 골랐다. 단 두 곡이었지만, 칠레의 자연과 칠레 여성의 아름다움, 위대함에 대한 사랑과 찬사가 깃들어 있었다. 노래를 부르면서 비올레따는 가난도 불행도 없는 칠레 민중의 미래를 꿈꾸었다. 그것은 백일몽이 아니었다. 인디오의 피를 간직한 비올레따의 먼 조상과 교감하는 그녀의 예술혼을 최초로 구현한 현실이었다.

●

폴끌로레의 선구자

●

두 번째 남편과 결혼한 뒤 딸 루이사를 낳은 1950년 이후에 비올레따의 예술혼은 활짝 피기 시작했다. 첫 녹음을 한 뒤 비올레따는 더욱 정력적으로 거리 공연을 펼쳐 나갔다. 자신의 예술관을 가족

산띠아고에서 녹음하고 있는 비올레따, 1957년

과 함께하고자 했던 비올레따는 열두 살의 이사벨, 여덟 살의 앙헬과 함께 음악 그룹을 결성했다. '빠라 자매'에서 '빠라 가족 La Familia Parra'으로 지평을 넓혀서 칠레 민중과 더 가까이 호흡하려는 열망이었다.

1953년 무렵 비올레따는 칠레 민요의 해석자에서 한 걸음 더 나아가 창작자의 길로 들어섰다. EMI 오데온 레이블과 계약을 맺은 비올레따는 구전민요가 아니라 직접 작사, 작곡한 두 곡의 싱글을 녹음했다. 말 그대로 비올레따의 첫 창작 앨범이었다. 하나는 연가 〈그 영혼에게 감정이란 얼마나 고통스러운 것인가 Qué Pena Siente El Alma〉였고, 다른 하나는 비올레따 식의 서사시 〈지상 최후의 노래 Verso Por El Fin Del Mundo〉였다.

성스럽지 못한 운명이
마음이 열렬히 간직하고 있던
희망을 꺾어 버릴 때
그 영혼에게 감정을 갖는 것은
형벌이나 다름없구나
당신의 눈을 잊지 못하고
당신의 목소리를 듣지 못하게 된
나란 존재의 시간은 얼마나 쓰디쓴 것인가

〈그 영혼에게 감정이란 얼마나 고통스러운 것인가〉에서

이 첫 자작곡들은 비올레따 빠라와 칠레의 음악사뿐만 아니라, 라틴아메리카와 세계 대중음악사에서도 큰 의미를 갖고 있다. 그 전까지 민속음악은 메시지가 우선이어서 선율보다 가사를 중요하게 생각했는데, 비올레따는 선율에 맞춰 가사를 시적으로 응축하는 파격적인 시도를 했다. 비올레따는 운명과 신성, 사랑과 인간에 대해 노래했는데, 이는 신과 종교를 삶 안에 조용히 끌어안아 살아가고 있는 칠레 민중에게 바치는 찬사라고 할 수 있다.

또한 비올레따는 악기 편성에서도 선구적인 시도를 했다. 기존 라틴 민속음악은 라틴 기타 정도로 악기를 제한했지만, 비올레따는 기타 외에도 왈츠 풍의 아코디언과 베이스 기타를 끌어들여 풍성하고 깊이 있는 선율을 만들어 냈다. 이 뒤로도 비올레따는 가사는 시적으로 응축하면서도 선율을 살리고, 기타 외에도 라틴아메리카의 다양한 전통악기를 끌어들이는 방식을 발전시켜 나갔다.

이 데뷔 싱글 음반은 비올레따 개인에게는 '작가 선언'인 동시에, 라틴아메리카의 민속음악을 일컫는 '폴끌로레folklore' 개혁의 출발점이기도 했다. 이러한 시도는 대중적으로도 큰 성공을 거두었다. 비올레따의 데뷔 싱글 음반은 2년 뒤 재발매를 할 정도로 칠레 전역에서 사랑을 받았다. 비올레따의 오빠 니까노르도 무척 고무되어, 비올레따가 이사벨과 앙헬에게 칠레의 전통악기인 기따론 guitarron을 가르칠 때, 자기의 아들을 같이 맡기기도 했다.

동지, 빠블로 네루다를 만나다

　빠라 가문의 장남으로 형제자매 가운데 유일하게 교육의 혜택을
받은 오빠 니까노르는 훌륭한 성적으로 의과대학을 졸업했지만, 안
정된 미래를 버리고 사회 개혁에 앞장서는 예술가의 삶을 택한 지
오래였다. 니까노르는 동료 시인들과 함께 '반시 운동'을 이끌고 있
었다. 반시 운동은 칠레 전통 시의 관습과 계급의식에 반기를 들고,
시의 사회참여와 민중 계몽을 주장한 문화 운동이었다.

　비올레따가 수집한 구전민요의 가사를 보게 된 니까노르는 지금
껏 들어 왔던 구전민요의 구습에 매몰된 시어와는 완전히 다른, 자
유와 파격의 가능성을 발견했다. 비올레따에게 감화된 니까노르 역
시 칠레 민중의 전통문화를 발굴, 복원하는 일에 나섰다. 비올레따
가 거리에서 하층민들을 만나며 민중의 자각을 촉구하는 동안, 니
까노르는 대학에서 학생들을 대상으로 비올레따가 새롭게 발견한
시를 낭송했다.

　그러던 어느 날 니까노르는 반시 운동을 함께 이끌던 동료 시인
들에게 자랑스러운 여동생, 비올레따를 소개했다. 그 가운데에는
최근까지 곤살레스 비델라 정권의 검거령을 피해 칠레를 떠나 있다

누에바 깐시온 Nueva Cancion

누에바 깐시온은 '새로운 노래'라는 뜻의 스페인어로, 1960년대 칠레, 아르헨티나, 우루과이를 중심으로 일어난 대중음악 운동이다. 역사적으로 보면, 누에바 깐시온은 1960년대 라틴아메리카의 사회, 정치혁명과 궤를 같이 한 문화혁명이었다. 또한 음악적으로 누에바 깐시온은 라틴아메리카 '음유시인 troubadour'의 기타 음악 전통에 국제적 음악 조류인 록을 접목한 스타일로, 여기에 정치적인 저항의 메시지를 담아냈다는 평을 받는다.

전통과 최신 유행을 접목하는 파격, 반제국주의, 빈부 격차 타파 등 제도적 부조리에 대한 신랄한 비판, 인권 수호와 민주주의에 대한 열망을 시적으로 표현한 가사는 라틴아메리카인들의 전폭적인 지지와 사랑을 받았고, 체 게바라로 기억되는 쿠바 혁명의 도화선이 되어 마침내는 라틴아메리카의 정체성을 대표하는 사조가 되었다.

누에바 깐시온은 아르헨티나에서 탄생해 칠레에서 꽃을 피웠다. 1970년 칠레 최초의 민선 대통령인 아옌데 정권이 출범한 지 3년 만에 삐노체뜨의 군부 쿠데타가 일어나 칠레 민주주의의 꿈은 꺾였다. 이에 정치적, 미학적으로 가장 극렬하게 항거한 이가 누에바 깐시온의 대부이자 비올레따 빠라의 적자, 빅또르 하라 Victor Jara였다. 하라는 누에바 깐시온의 정신에 입각한 수많은 저항 노래를 만들었고, 반反 삐노체뜨 집회에 나가 진실한 목소리로 노래를 불렀다. 하지만 다른 정치범과 함께 삐노체뜨 정권의 손에 무참하게 살해되었다.

이후 누에바 깐시온은 쿠바에서는 누에바 뜨로바 Nueva Trova, 브라질의 MPB Música Popular Brasileira 운동으로 계승, 확장되었고, 미국 학생운동에도 영향을 끼치는 등 세계 정치사에 중요한 역할을 했다.

그런 누에바 깐시온의 정치적, 미학적 원형을 제시한 선구적인 인물이 바로 비올레따 빠라였다.

폴끌로레 Folklore

비올레따 빠라가 평생에 걸쳐 발굴하고 복원하고 계승했던 음악은 칠레 및 라틴아메리카의 민속음악인 '폴끌로레'였다. 비올레따가 즐겨 부르고 녹음한 〈깔루체〉

〈유다〉〈초록색 개똥지빠귀〉〈백성〉 모두 폴끌로레의 대표곡이라고 할 수 있다. 민요나 포크folk 음악을 뜻하는 폴끌로레는 남아메리카의 대평원 지대인 팜파스와 안데스 산맥의 인디오 농민들과 빠야도레payadore, 유랑악사들이 맨 처음 탄생시킨 토착 문화였다. 스페인과 아르헨티나의 백인 왕권이 들어서기 전인 고대 안데스 산맥에서 살아온 토착민이자 인디오인 아메린디언amerindian은 자생적인 음악 문화를 가지고 있었다.

폴끌로레의 가장 큰 유산은 뭐니 뭐니 해도 유럽 음악과는 다른 형태, 음색을 갖고 있는 인디오의 독특한 악기들이다. 오늘날에도 폴끌로레는 라틴아메리카의 음악을 상징하는 현악기인 기따론guitarron과 차랑고charango, 팬플루트인 시꾸siku, 삼뽀냐zampoña, 안데스 식 하프 혹은 류트인 아르빠arpa 등, 인디오의 전통악기가 빚어내는 고유의 리듬과 선율에 바탕해, 라틴아메리카의 음악적 감수성을 발전시켜 나가고 있다.

폴끌로레의 운명은 라틴아메리카의 민중만큼이나 험난했다. 1860년대 아르헨티나에서 시작되어 스페인에 이르기까지, 토착 인디오를 말살하는 잔혹한 폭정 가운데에서 멸종될 위기에 처하기도 했다. 하지만 1952년 볼리비아 민족주의자들이 혁명에 성공하면서, 묻힐 뻔한 안데스 지역의 전통 문화를 복원하는 운동으로 기사회생했다. 토착 문화의 복원을 민중 혁명의 한 방법으로 본 라틴아메리카다운 정책이었다. 볼리비아의 경우, 교육부에 '폴끌로레 지원 부서'를 신설하고, 전통 페스티벌을 개최할 정도로 폴끌로레의 발굴, 육성에 애썼다. 훗날 비올레따 역시 볼리비아의 수도 라 파즈에서 폴끌로레의 디바로 잠시 활동하기도 했다. 비올레따는 아르헨티나의 아따우알빠 유빵끼Atahualpa Yupanqui와 함께 폴끌로레 연구, 발굴에 큰 기여를 했다. 또한 그들은 폴끌로레를 발굴하는 일을 넘어 폴끌로레 양식에 기반한 새로운 대중음악을 탄생시켰다. 흔히 유빵끼와 빠라를 '네오-폴끌로레'라 말하는 이유이기도 하다.

딸 루이사와 함께 선술집에서 공연을 하는 비올레따, 1963년

돌아온 시인도 있었다.

"당신의 음악을 지지합니다. 당신의 음악은 칠레 민중운동에 대한 나의 믿음을 더욱 굳건하게 해 주었습니다."

바로 칠레가 낳은 위대한 시인 빠블로 네루다Pablo Neruda와 비올레따의 첫 만남이었다. 그것은 곧 칠레 정치·문화 혁명의 위대한 불씨이기도 했다. 네루다는 1940년대 초중반, 칠레 사회주의의 정착을 위해 상원의원까지 역임하며 동분서주했다. 하지만 사회주의 정당들의 지지를 받고 정권을 잡았던 비델라 정부가 태도를 바꾸어 좌익 작가와 정치인을 탄압하기 시작했고, 드디어 검거령이 내려지자 네루다는 망명 생활을 시작했다. 그리고 1952년, 검거령이 철회되고 다시 칠레로 돌아온 지 얼마 되지 않았을 때 비올레따와 만났다.

당시 네루다의 예술과 정치적 사상은 칠레를 넘어 남미, 유럽은 물론 미국까지 전폭적인 지지와 명성을 얻고 있었다. 네루다의 시는 거의 모든 언어로 번역되었고, 정치적으로 그는 세계 사회주의자들과 사상적 기반을 같이 했던 터라, 칠레의 지식인들과 예술가들은 네루다를 구심점으로 빠르게 네트워크를 형성했다.

네루다의 저택은 곧 문화와 정치를 자유롭게 논하는 칠레 최고의 '살롱'이 되었다. 칠레로 돌아와 세 번째 부인을 맞이해 한창 신혼이었던 네루다의 저택에서는 자주 파티가 열렸고, 칠레의 내로라하는 화가, 작가, 음악가, 시인 들이 몰려들었다. 파티의 절정은 네루다가 직접 주최한 콘서트였다. 네루다는 콘서트의 중심에 비올레따를 내세웠다.

"민중의 역사와 전통과 단절된 혁명은 있을 수 없죠. 당신 음악의 주제가 바로 그래요. 내 집을 찾는 모든 이들에게 당신의 음악을 들려주시오. 당신의 음성을 통해 그들에게 칠레 민중의 영혼과 역사를 들려주시오."

비올레따에게 네루다의 무대는 칠레의 가장 진보적인 지식층과 만나는 장이자, 정치적·예술적 이상을 공유하는 동지의 커뮤니티였다. 동시에 그 무대는 칠레에서 영향력을 가진 사람들에게 자신의 음악을 폭넓게 알리는 계기가 되었다. 네루다에게도 비올레따는 문화 살롱의 꽃 이상의 존재였다. 좌초한 경험은 있지만 여전히 칠레의 사회주의 혁명을 꿈꾸던 네루다는 비올레따에게서 하나의 청사진을 보았다. 네루다는 칠레의 구전민요를 수집하고 연구하고 있는 비올레따를 보고 무릎을 쳤다. 아르헨티나 망명 시절, 유빵끼 같은 예술가와 교류하기도 했었기에, 비올레따의 연구가 칠레 민중의 미래에 큰 영향을 끼치리라 직감할 수 있었다.

당시 칠레의 노동계급 대부분은 교육의 혜택을 받지 못해 문맹 상태에서 벗어나지 못했다. 따라서 칠레 사회주의자들이 이끄는 노동운동 현장에서 노동자들은 정치적인 메시지를 제대로 이해하지 못하는 경우가 많았다. 하지만 단순한 전언이 아니라 노래로 메시지를 전달한다면, 더구나 그들이 익히 잘 알고 있는 민요, 혹은 민요의 형식을 갖춘 노래라면 파급효과는 상당히 클 것이었다. 네루다와 비올레따는 이런 생각을 터놓고 말하지 않아도 이미 암묵적으로 공유하고 있었다. 네루다는 비올레따에게 그녀의 행보가 혁명적이라며, 비올레따는 네루다에게 음악이 혁명의 가장 큰 무기가 될 수 있다며 서로에게 지지를 표했다.

비올레따는 네루다의 시 〈민중 El Pueblo〉에 선율을 붙여 노래하기도 했다. 자유와 평등의 시대를 위해 붉은 깃발을 앞세우고 가는 민중을 찬양한 이 노래는 비올레따와 네루다의 정치적, 예술적 교류가 꽃피운 뜨거운 불꽃과도 같았다. 니까노르와 네루다의 적극적인 지지에 힘입어 비올레따는 계속해서 지식인들의 살롱과 극단에서 공연을 할 수 있었다. 그리고 개인적으로 발굴, 수집해 오던 구전민요의 중요성에 대해 더욱 큰 확신을 가졌고, 그에 영향을 받은 음악을 본격적으로 작사·작곡해 나갔다.

칠레에서 세계로

1954년, 비올레따는 니까노르와 네루다처럼 칠레의 정치·문화

개혁에 앞장섰던 방송인 리까르도 가르시아와 만났다. 그리고 가르시아의 제안으로 칠레의 전국 라디오 음악 방송 프로그램인 '노래하는 비올레따 빠라Canta Violeta Parra'를 함께 진행하기 시작했다. 라디오 방송이야말로 칠레의 진보적인 음악가들의 음악과 사상을 대중에게 전달하는 데 가장 효과적인 매체라 믿어 의심치 않았던 가르시아는 비올레따의 음악에 깊이 감동했다. 또한 가르시아는 미국과 유럽 대중음악에 매몰된 칠레의 현실을 누구보다 문제로 생각했다. 그렇기 때문에 잊혀진 칠레의 전통음악에 새로운 대중적 요소를 접목한 비올레따의 음악이야말로 칠레 민중의 진정한 민족적 정체성을 되찾는 데 도움이 되리라고 확신했다.

기꺼이 '노래하는 비올레따 빠라'의 나팔수가 되어, 폴끌로레의 전파에 앞장서게 된 비올레따는 곧 가르시아와 함께 폴끌로레 아티스트를 발굴하는 페스티벌과 콘테스트를 기획했다. 그리고 얼마 지나지 않아 비올레따는 또 한 번의 쾌거를 이룬다. 같은 해 '올해 최고의 폴끌로레 음악인' 상을 받았던 것이다. 그와 함께 칠레 최고의 디바, 폴끌로레의 여신, 비올레따 빠라는 인생의 두 번째 전환점을 맞는다.

칠레가 인정하는 최고의 폴끌로레 아티스트로 선정된 지 한 달 뒤 비올레따는 특별한 초청을 받는다. 폴란드에서 열리는 '청년 학생 세계 페스티벌'의 초대 손님이 돼 달라는 요청이었다. 명실공히

● 빠블로 네루다

네루다와 비올레따의 만남은 라틴아메리카의 민중 혁명과 문화 운동에서 문학과 음악이 얼마나 긴밀하게 연결되었는지를 잘 보여 준다. 영화 《일 포스티노》에도 등장하는 세기의 시인이자, 칠레 사상 가장 위대한 시인인 빠블로 네루다는 비올레따 빠라의 예술을 칠레 지성인 집단의 중심으로 내세웠고, 비올레따의 개인적인 믿음에 사상적인 기초를 제공했다고 해도 과언이 아니다.

산띠아고에서 태어난 네루다는 아버지의 반대를 무릅쓰고 시를 쓰기 시작했고, 1923년 첫 시집 《황혼의 저서Crepusculario》를 발표하며 등단했다. 이후, 과감한 에로티시즘이 인상적인 연애시부터 서사시, 초현실주의 시는 물론이고 정치 선언문까지, 다양하고 파격적인 형식 시도로 칠레 시 문학의 현대화, 국제화를 이끌었다.

네루다는 또한 열혈 사회주의자로 라틴아메리카의 민중 혁명에 앞장선 투사이기도 했다. 아르헨티나, 스페인, 멕시코 등에서 외교적으로 공헌했고, 칠레에서는 공산당 의원으로 활동하며 1946년 칠레 진보당 대통령 후보인 가브리엘 곤살레스 비델라 쪽에서 선거 활동을 벌이기도 했다. 그러나 비델라가 대통령으로 당선된 뒤 공산주의를 박해하자 이에 맞서 조직적인 저항운동을 펼쳤다. 결국 검거령이 내려지고 네루다의 긴 망명 생활이 시작되었다. 아르헨티나, 이탈리아 등지에서 망명 생활을 하던 네루다는 다시 칠레로 돌아와, 앞에서 살펴봤듯이 비올레따 빠라 등 정치적 이상을 공유하는 예술가들과 교류하면서 그들에게 지대한 정치적, 예술적 영감을 던져 주었다.

이후 네루다는, 칠레 역사상 최초의 민선 대통령으로 짧게나마 칠레 사회주의의 꽃을 피웠던 살바도르 아옌데를 열렬히 지지하며 협력했다. 그리고 아옌데 정권이 삐노체뜨의 군부 쿠데타로 무너졌을 때에는, 빅또르 하라 같은 누에바 깐시온 음악가들과 연대해 열렬히 항거 운동을 펼쳤다.

1973년 9월 23일, 58세의 나이에 네루다가 암으로 죽었을 때, 삐노체뜨는 그의 장례를 국장으로 치르기를 거부했다. 그러나 칠레 국민들은 이를 거부하고 통행금지령이 내렸음에도 거리로 몰려나와 칠레의 위대한 시성이자 투사인 네루다의 죽음을 애도했다.

● 아따우알빠 유빵끼

비올레따 빠라가 누에바 깐시온의 어머니라면, 아르헨티나의 음유시인 아따우알빠 유빵끼는 누에바 깐시온의 아버지이다. 유빵끼와 함께 누에바 깐시온이 태동했다고까지 말할 수 있다.

유빵끼는 1908년 아르헨티나 부에노스아이레스에서 태어났다. 아버지는 인디오이고 어머니는 바스크족으로, 유빵끼는 원주민과 유럽계 백인의 피가 섞여 있는, 이른바 메스띠소였다. 싱어송라이터이자 시인이었고 작가였던 유빵끼는 열네 살에 첫 시를 쓰면서 엑또르 로베르또 차베로란 본명을 버리고 자신이 메스띠소임을 선언하는 뜻으로, 스페인 정복자들의 침략에 맞서 싸운 옛 잉카제국의 역대 왕들의 이름을 빌려 '아따우알빠 유빵끼'로 개명했다.

1940년대부터 유빵끼는 라틴아메리카 곳곳을 여행하기 시작했다. 아르헨티나, 칠레, 베네수엘라, 콜롬비아 등을 여행하며 유빵끼는 각 나라의 민요를 배우고 수집하고 채보했다. 유빵끼는 민요를, 민중들이 어느 누구의 가르침을 받지 않고서 자연스럽게 만들어 내는 익명의 음악이라고 정의했으며, 시대와 세대를 거쳐 당대의 의미와 새로운 정서가 통합되는 '진행형 유산'이라고 믿었다.

비올레따처럼 유빵끼에게도 민요 수집은 '박물지'가 아닌 재생과 창조의 음악이었고, 유빵끼는 그 영향을 받은 음악을 만들고 발표했다. 유빵끼는 민요에 깃든 인디오 조상의 자연친화적인 삶을 중요시했고, 이는 도시가 아닌 농촌의 삶을 찬양하는 태도로 이어졌다. 그런 그의 세계관은 대표곡인 〈인디오의 길 Camino del Indio〉에서 극명하게 드러난다.

인디오의 길

돌멩이투성이 코야의 산길
계곡과 별을 잇는 인디오의 작은 길
대지의 여신 빠차마마가 산속 어둠에 잠기기 전에
우리 조상이 남에서 북으로 걷던 작은 길

봉우리에서 노래하고 강에서 울면서
인디오의 고통은 밤이면 커지네
태양과 달, 그리고 내 이 노래가
너의 돌멩이에 입을 맞추었지

인디오의 길이여

밤중에 산에서 부르는 노래 속에서
깨냐는 그의 깊은 향수를 울리고
그 길은 인디오가 부르는
인디오 여인이라는 것을 알고 있네
야생마의 고통스러운 소리가 언덕에서 일어나고
그 길은 멀리 있다는 것에 슬퍼하네

봉우리에서 노래하고 강에서 울면서
인디오의 고통은 밤이면 커지네
태양과 달, 그리고 내 이 노래가
너의 돌멩이에 입을 맞추었지
인디오의 길이여

1945년 유빵끼의 명성과 권위가 세상에 알려질 무렵, 그는 아르헨티나 공산당에 입당했다. 이때부터 뻬론 정부를 향한 유빵끼의 비판도 멈추지 않았다. 1953년 정치와 문화에서 자유를 얻을 때까지 유빵끼는 혹독한 탄압을 받았다. 침묵을 강요받았고 공연은 금지되었다. 방송 출연은 물론 음반 녹음도 할 수 없었다. 당연히 다른 가수들이 그의 노래를 부르는 것조차 허용되지 않았다. 그 기간 동안 유빵끼는 총 여덟 번 억류되고 감금되는 시련을 겪었다. 1949년, 반미를 노래한 〈이제 충분해! Basta Ya!〉로 유빵끼는 빠리 망명길에 올랐다. 이때 유럽의 사회주의 국가에서 순회공연도 하고, 빠리에 머물면서 당대의 문화예술가들과 폭넓은 교류를 가졌다.

유빵끼는 안데스 식의 기타 연주에 착안해서, 서정 속에 깊은 사유가 깃든 기타 선율을 만들어 냈고, 꺼칠하면서 질박한 창법, 간명하면서도 상징적인 가사로 폴끌로레와 라틴아메리카의 대중음악을 미학적으로 발전시켰다. 유빵끼는 이후 누에바 깐시온의 미학적 완성과 대중화에 지대한 영향을 끼쳤고, 빅또르 하라, 메르세데스 소사, 낄라빠윤, 인띠 이이마니 등 후대 음악가들에게 절대적인 음악적 지주가 되었다.

유빵끼의 삶 역시 비올레따만큼이나 기구했다. 유빵끼는 제국주의 미국과 자본주의 기업에 반대하며 평생 외국을 떠도는 망명객의 삶을 살았다. 1967년 세 번째 망명 이후 1992년 숨을 거둘 때까지 그는 빠리에서 여생을 보냈고, 그의 유해는 아르헨티나 꼬르도바 주의 까사 꼴로라다에 안치되어 있다.

1988년 한 인터뷰에서 유빵끼는 이렇게 이야기했다.

"내가 죽으면 나는 단지 내게 속한 것만을 가지고 갈 것입니다. 내가 숨 쉬었던 공기, 절망의 나날들, 내가 본 들판, 자연, 하늘. 이것만이 나의 것입니다."

이렇듯 아르헨티나의 자연, 그곳에 살고 있는 민중을 사랑했던 유빵끼였기에, 평생 아르헨티나와 자연과 민중을 위협하는 제국주의, 독재정권과 싸우며 살 수밖에 없었다. 그러한 유빵끼에게 기타는 총이었고, 노래는 총알이었다.

비올레따의 명성이 칠레와 라틴아메리카를 넘어 유럽까지 뻗어 나갔다는 증거였다. 그렇게 폴란드에서 일정을 끝낸 비올레따는 곧바로 프랑스 빠리로 건너갔다. 프랑스 샹송의 팬이기도 했지만 세계 대중문화의 산실이자, 진보적인 지식인들의 메카라고 할 수 있는 빠리를 직접 호흡하고 싶은 마음에서였다.

빠리에서도 비올레따는 어느 정도 이름이 알려져 있었다. 새로운 문화를 적극적으로 받아들이는 국제도시답게, 빠리에 간 지 얼마 되지 않아 소르본 대학에서 비올레따를 위한 무대가 마련되었다. 새로운 관객들이 비올레따를 보려고 공연장을 찾았다. 라틴아메리카 민중의 역사와 전통과 숨결이 비올레따를 거쳐, 당대의 새로운 음악으로 빠리의 관객들에게 전달되고 있었다. 이는 모두에게 새로운 경험이었다.

잠깐 머물다 갈 예정이었던 처음 계획과 달리, 빠리에서의 체류는 2년이나 계속되었다. 1956년 2월, 프랑스의 음반사 '르 샹 뒤 몽드 Le Chant Du Monde'의 관계자가 비올레따를 찾아왔다.

"선생님의 음악을 모든 프랑스인, 아니 유럽의 모든 이들에게 들려주고 싶습니다."

그의 제안은 파격적이었다. 싱글이나 다른 아티스트와의 합작 앨범이 아니라, 비올레따의 음악만을 수록한 앨범을 만들자는 제안이었다. 비올레따로서는 최초의 정규 앨범인 셈이었다. 그렇게 비올레따의 앨범 가운데, 칠레뿐만 아니라 여러 나라에서 유통되는 첫 앨범 《칠레의 춤과 노래 Chants et Danses du Chili》가 탄생했다. 모두 열여섯 곡이 수록된 이 앨범에는 칠레 시절의 히트곡 〈그 영혼에게 감정이란 얼마나 고통스러운 것인가〉를 비롯해 〈여자 정원사 La Jardinera〉, 〈흑인의 결혼 Un matrimonio negro〉 등 오늘날까지도 비올레따를 대표하는 아름다운 음악들이 담겨 있다. 이 앨범에서도 변함없이 비올레따는 상처받은 사람들과 농민들을 주인공으로 해서 노래했다.

> 당신을 잊으려는 마음으로
> 나는 땅을 경작할 거예요
> 그것이 내 슬픔의 치유제가 되기를 빌어요
> 나의 슬픔엔 보랏빛 포도 덩굴을
> 나의 열정엔 끌라벨리나를 심을 거예요
>
> 〈여자 정원사〉에서

비올레따는 언제나 칠레의 밑바닥에서 살아가는 사람들의 삶을 노래했지만, 그렇다고 딱딱한 정치적인 강령이나 구호로 이야기하는 법이 없었다. 여린 알토 음색이지만 심지 굵은 목소리, 단출하고 질박한 선율에는 사랑과 실연, 가난과 불평등, 자연과 농사에 대한 이야기가 실려 있었다. 그러나 비올레따의 노래들은 어떠한 이야기

《칠레의 춤과 노래》 1·2집, 1956년

여린 알토 음색이지만
심지 굵은 목소리, 단출하고 질박한 선율에는
사랑과 실연, 가난과 불평등, 자연과 농사에 대한
이야기가 실려 있었다.

라도 결국 계급과 민족과 인종을 넘어서 하나됨을 꿈꾸는 인간 본
연의 소망을 담고 있었다. 이러한 소망을 이루기 위해서는 지금의
세상이 변해야 한다는 의식도 자연스럽게 생겨났다.

●

미술이라는 새로운 도전

●

그 무렵, 비올레따는 두 번째 남편과 낳은 세 살배기 딸 로시따
끌라라가 죽었다는 비보를 접했다. 비올레따는 황급히 이탈리아를
거쳐 칠레로 돌아갔다. 하지만 딸을 잃은 슬픔을 이길 새도 없이 레
코드사부터 대학까지, 앞다투어 비올레따를 찾았다. 비올레따는
EMI 오데온과 다시 계약을 맺고《비올레따 빠라, 노래와 기타 Violeta
Para, Canto y Guittarra》앨범을 발표했다.

1957년 11월, 비올레따는 꼰셉시온 Conception 대학과 계약을 맺고
루이사와 앙헬을 데리고 칠레 남부로 내려갔다. 대학의 지원을 받
아 칠레 남부 지역의 전통음악을 연구하는 프로젝트를 진행하기로
했던 것이다. 칠레 곳곳을 여행하며 그곳의 구전민요를 수집하고
채보하는 바쁜 나날이 계속되었다. 그러면서 비올레따는 칠레에서
의 두 번째 정규 앨범을 발표했고, 대학의 후원으로 그녀의 음악을

바탕으로 만든 뮤지컬《흑인들의 결혼식 Casamiento De Negros》을 무대에 올려 큰 성공을 거두기도 했다.

1958년 1월 22일, 비올레따는 칠레의 전통음악에 대한 자신의 연구 결과를 모아《꾸에까 La Cueca》란 앨범을 발표했다. 소녀 시절부터 애정을 갖고 발굴하기 시작했던 칠레 민요들이, 어느덧 불혹에 이른 비올레따의 한결 성숙해지고 깊어진 목소리와 영혼을 통해 새롭게 계승되었다.

아프리카와 스페인의 영향을 받은 전통 춤인 '꾸에까'는 아직까지 정확한 탄생 배경도 알려지지 않았지만, 비올레따의 노력 덕에 1979년 칠레를 대표하는 춤으로 지정되었고, 오늘날까지도 칠레의 자랑스러운 전통문화유산으로 남아 있다.

꼰셉시온 대학에서 연구 프로젝트와 앨범 발표를 성공리에 마친 뒤 비올레따는 다시 산띠아고로 돌아왔다. 그 기간 동안 비올레따는 그림을 그리고, 삼베 천에 수를 놓아 회화적으로 표현해 낸 일련의 작품들인 '아르삐예라스 arpilleras, 스페인어로 삼베라는 뜻'를 만들면서 미술로 외도를 꾀한다. 외도라고 했지만, 노래하는 비올레따의 작품임을 속일 수 없는 그림들이었다. 그림과 삼베 자수 작품들은 칠레의 아름다운 자연과 민중의 삶을 노래한 비올레따의 노래를 시각적으로 확장했다고 해도 좋을 만큼 강렬한 생명력으로 가득 차 있었다. 단순하고 상징적인 선과 형태 속에, 강렬한 원색으로 살아 숨 쉬는 그림 속 주인공들은 칠레의 붉은 토양과 물빛 하늘, 그런 자연을 닮은 칠레의 순박한 농민들이었다. 칠레 야수파의 탄생이라고 해도 좋을 만큼 파격적이면서도 순수한 비올레따의 그림은 유럽, 특히 비올레따의 예술을 사랑한 프랑스에서 더욱 주목을 받았다. 비올레따는 빠리 루브르 박물관에서 전시회(1964)를 연 최초의 라틴아메리카 미술가였을 만큼, 비올레따의 그림은 단순한 외도를 넘어, 미술계에서도 인정받았다.

●

칠레 민중의 삶 속으로

●

　작곡, 시작詩作, 그림, 공연, 낭송회 등 하나만으로도 벅찰 몇 가지 일들을 열정적으로 이끌어 나가면서도, 비올레따는 칠레 전통음악을 찾아 나서는 여행과 연구를 게을리하지 않았다. 칠레 남부를 여행한 데 이어, 이번에는 칠레 북부 지방을 여행하기 시작했다. 기타한 대와 녹음기를 들고 산 넘고, 물 건너, 들을 다니던 비올레따는 산마을 어귀나 농장에서 흥얼흥얼 노래하는 늙은 아낙이라도 만날라치면 곧장 달려가 어린 소녀처럼 그 앞에 쭈그리고 앉았다.
　"할머니, 그 노래 저 좀 가르쳐 주세요."

그림과 삼베 자수 작품들은 칠레의 아름다운
자연과 민중의 삶을 노래한 비올레따의 노래를
시각적으로 확장했다고 해도 좋을 만큼
강렬한 생명력으로 가득 차 있었다.

〈비올레따 집의 파티〉, 유화, 1964년

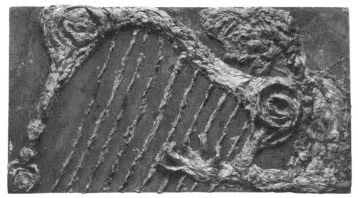

〈소녀와 하프〉, 종이 공예, 1963~65년

〈서커스〉, 삼베 자수, 1961년

벽촌의 늙은 촌부와 아낙네는 비올레따에게 최고의 스승이자, 칠레 역사의 무대 뒤에 가려져 있던 위대한 선조였다. 비올레따는 배움에 목마른 학생처럼 두 눈을 반짝이며 그 자리에서 그들의 노래를 녹음했다. 그들의 체험과 연륜 속에 형태 없이 살아남은 칠레의 문화유산을 고스란히 자기 몸으로 받아들였다. 그리고 산띠아고로 돌아오자마자 스튜디오로 달려갔다. 마이크 앞에 선 비올레따는 수백 년 전에도 지금과 마찬가지였을, 칠레의 아름다운 바다와 산과 농촌을 노래했다. 수백 년 전 보금자리를 빼앗기고 비극적으로 사라져 간 인디오와 지금까지도 끝없는 수탈과 가난에 시달리고 있는 농민들의 삶을 노래했다. 안데스 지역의 다양한 전통악기들을 끌어들여 독특한 선율과 리듬, 그리고 사연을 전했다.

이듬해인 1959년, 이번에는 딸 이사벨을 데리고 다시 한 번 칠레 전국 여행을 떠났다. 가는 곳마다 낭송회와 폴끌로레 공연, 그림 전시회가 열렸고, 대학에 폴끌로레 강사로 초청받기도 했다. 비올레따는 자신이 수집하고 연구한 칠레 전통음악들을 모아 책을 낼 필요성을 느꼈다. 같은 해, 비올레따는 첫 책《칠레의 폴끌로레 Cantos Folklóricos Chilenos》를 선보였다. 풍부한 사진 자료와 악보까지 곁들인 이 책은 '민속학자' 비올레따의 땀과 열정이 넘치는 답사의 결과이자, 칠레 민속학의 보물과도 같은 저서였다. 비올레따는 이후로도 칠레의 구전민요집은 물론 폴끌로레 연주에 관한 책을 꾸준히 발표하며 다양한 방면에서 칠레의 문화, 역사를 발굴하는 데 앞장섰다.

《칠레의 폴끌로레》는 칠레 민속학계는 물론 대중문화계에도 큰 반향을 일으켰다. 얼마 안 있어 비올레따는 자신의 책을 바탕으로 만든 다큐멘터리 영화의 음악을 작곡해 달라는 의뢰를 받았다. 비올레따는 노래가 아니라 연주곡에서도 타의 추종을 불허할 만큼 서정적이면서도 힘찬 음악을 만들어 냈다. 그리고 1960년, 비올레따는 오빠 니까노르가 바친 헌시 〈비올레따 빠라에게 Defensa De Violeta Parra〉를 녹음, 발표했다.

> 푸른 숲의 다정한 이웃
> 4월의 지지 않는 꽃봉오리의 주인
> 비올레따 빠라여
> 당신은 대륙 방방곡곡을 누비며
> 병 속에 갇힌 흙을 대지로 되돌려주었고
> 붙잡힌 새들을 풀어 주었다
>
> 언제나 혈육도 아닌 이들에 대한
> 근심을 놓지 못했으니
> 언제쯤 당신의 기억 속에
> 당신 자신을 떠올릴 것인가
> 신실한 비올레따여

기타 한 대와 녹음기를 들고
산 넘고, 물 건너, 들을 다니던 비올레따는
산마을 어귀나 농장에서 흥얼흥얼 노래하는
늙은 아낙이라도 만날라치면 곧장 달려가
어린 소녀처럼 그 앞에 쭈그리고 앉았다.
"할머니, 그 노래 저 좀 가르쳐 주세요."

《비올레따 빠라 기타 작곡집》 　《안데스의 민중시》, 1965년 　《칠레의 폴끌로레》, 1959년

꾸에까 음악이 흐르면 세상을 떠난 선조들이
왈츠를 추러 이승으로 내려올 때까지
당신의 기타는 모두를 사로잡았다

<비올레따 빠라에게>에서

이 헌시는 칠레인으로서, 칠레인다운, 그러나 잊고 있었던 진정
한 삶의 뿌리를 찾아 준 위대한 여성 예술가이자 투사, 비올레따 빠
라에게 바친 당연한 감사의 표시였다. 1961년, 비올레따는 다시 한
번 여장을 꾸린다. 그리고 칠레와 함께 안데스 폴끌로레의 또 다른
메카, 아르헨티나로 떠난다.

●

빠리의 아름다운 유랑시인

●

비올레따는 아르헨티나에서 열렬한 환영을 받았다. 부에노스아
이레스의 주지사 호아낀 블라야의 초청으로 그의 저택에 머물면서
미술 전시회와 폴끌로레 강연, 텔레비전 출연, 이디쉬 포크 극장 공
연, 앨범 녹음까지 바쁜 일정을 소화했다. 그리고 이듬해에는 부에
노스아이레스로 비올레따를 찾아온 이사벨, 앙헬을 데리고 핀란드

로 가서 음악 페스티벌에 참가했다. 이어서 아이들과 함께 소련, 독일, 이탈리아, 프랑스를 여행한 뒤에는, 빠리에 정착해 공연과 낭송회 일정을 계속해 나갔다.

두 번째 빠리에서의 생활은 첫 번째와는 사뭇 달랐다. 처음 빠리에서 지냈던 때와는 비교할 수 없을 정도로 국제적인 인지도가 높아져 있었기 때문이다. 비올레따는 빠리의 사교계, 지식인층과 긴밀하게 교류하기 시작했다. 그 가운데 비올레따에게 중요한 영향을 끼친 세 사람이 있었다. 아르헨티나인으로 비올레따와 비슷한 음악 행로를 걸어온 아따우알빠 유빵끼, 비올레따가 평소 존경해 마지않던 프랑스 최고의 샹송 디바 에디뜨 삐아프, 그리고 스위스 출신의 재즈 플루티스트인 쥘베르 파브르였다.

유빵끼와 비올레따는 첫눈에 깊은 동지애를 느꼈다. 라틴아메리카의 음악이 빠리와 같은 국제 문화 도시에서 주목을 받은 것은 그들의 끊임없는 전통 발굴과 창조적 계승의 당연한 대가였다.

"당신과 내가 찾아낸 음악들은 사랑 노래라 해도, 그 안에는 진짜 사람이, 진정한 역사가 있죠. 그 점이 이곳 사람들이 우리를 주목하는 이유가 아닐까요?"

유빵끼와 비올레따는 이후 지속적인 친분을 쌓았다. 그들은 안데스 음악의 전통과 국제화된 라틴아메리카의 현재를 독창적으로 잇고 있는 자신들의 음악이 새 시대의 대안임을 확신했다.

유빵끼가 비올레따의 예술적 형제였다면, 쥘베르 파브르는 비올레따가 두 번째 이혼도 불사하게 만들 정도로 소중한 반려자가 되었다. 재즈 아티스트였던 파브르는 안데스 폴끌로레 음악에 대한 관심과 조예가 깊었고, 그런 계기로 비올레따와 친해지게 되었다. 비올레따는 백인인 파브르가 폴끌로레에 대해 전문가 못지않은 식견을 갖고 있는 데 놀라고 신선한 충격을 받았다. 파브르가 외부자의 시선으로 보는 라틴아메리카에 대한 견해도 비올레따에게는 자극이 되었다.

"유럽과 앵글로-아메리카의 음악은 너무 상업적이에요. 하지만 당신이 개척한 라틴아메리카 음악에는 음악 본연의 모습이 살아 있어요."

파브르와 비올레따는 연인이 되었다. 파브르는 비올레따를 여자로서뿐만 아니라, 같은 예술적 세계관을 공유하는 동지로 각별히 여겼다. 스위스에 초청을 받은 비올레따는 이사벨과 앙헬, 그리고 파브르와 함께 제네바로 갔다. 제네바 역시 비올레따를 국제 스타로 융숭하게 대우했다. 여기저기서 텔레비전 출연과 공연 요청이 쇄도했다. 1964년, 다시 빠리로 돌아온 비올레따는 루브르 박물관에서 미술 작품을 전시했고, 지속적으로 앨범을 발표했다.

1965년, 안데스 폴끌로레를 주제로 한 비올레따의 두 번째 책《안데스의 민중시 Poésie Populaire Des Andes》가 프랑스에서 출간되었다. 같은 시기, 제네바에서는 비올레따 빠라의 음악, 민속학 연구, 미술 작품을 소개하는 다큐멘터리 영화가 국영 방송국을 통해 방영되었다.

명실공히 '국제 디바'가 된 비올레따의 최고 전성기라 할 만했다. 그러나 얼마 지나지 않아 비올레따는 귀향을 결심한다. 1년 먼저 칠레로 돌아간 이사벨과 앙헬이 의미 있는 문화 운동을 시작했다는 소식을 듣고서였다.

●

안데스의 아이들이여, 깨어나라

●

이사벨과 앙헬은 태어나면서부터 어머니 비올레따의 노래를 들었고, 어머니를 따라 기타를 배웠고, 어머니와 함께 유럽과 소련 등지를 여행하며 국제 문화의 흐름을 자연스럽게 체득했다. 또한 빠리에서 지내면서 새로운 문화적 가능성에 눈뜨게 됐다. 아이들은 빠리 5번가와 6번가 사이, 센 강과 소르본 대학이 있고 라틴아메리카인들이 많이 사는 까르띠에 라땡에 살면서 특히 밤마다 다양한 공연이 자유롭게 펼쳐지는 클럽의 문화를 눈여겨보았다.

1964년, 산띠아고로 돌아간 이사벨과 앙헬은 당시 점점 더 민중과 괴리되어 가는 정권에 맞서 민중의 의식을 개혁할 수 있는 문화

운동은 무엇일지 골몰했다. 그러다 빠리에서 눈여겨보았던 클럽 문화에 착안해, 산띠아고의 술집과 클럽을 돌며 폴끌로레 음악을 연주하고 반정부, 반미주의의 메시지를 전파하는 순회공연을 시작했다. 그들은 이를 '빠라 가족의 평화운동'이라는 뜻의 '뻬냐 데 로스 빠라Peña de Los Parra'라고 불렀다. 비올레따는 그런 이사벨과 앙헬이 가슴 벅차게 자랑스러웠고, 음악 운동의 선배로서 마땅히 도움을 주어야 한다고 생각했다. 비올레따는 파브르에게 말했다.

"칠레로 돌아가야겠어요. 아이들의 뜻을 함께해 나가고 싶어요. 함께 가 주지 않겠어요?"

폴끌로레의 열혈 마니아인 파브르는 찬성했고, 비올레따는 1965년 6월 파브르와 함께 칠레 산띠아고 행 비행기에 오른다. 그들은 도착하자마자 아이들의 운동에 적극 뛰어들었다. 유럽이 찬양해 마지 않는 폴끌로레의 여왕이 합류하자, 뻬냐 데 로스 빠라의 명성은 칠레 전국에 자자하게 퍼졌다. 전국에서 폴끌로레 팬들이 속속 몰려들었다. 그 가운데에는 1957년, 산띠아고의 카페 '상 파울루'에서 처음 본 뒤부터 이사벨, 앙헬과 친분이 있었던 청년, 빅또르 하라도 있었다.

비올레따를 본 하라는 진심을 담아 이렇게 얘기했다.

"당신처럼 되고 싶습니다. 저에게도 당신의 정신적인 유산을 나누어 주세요."

하라는 뻬냐 데 로스 빠라 사단이 낳은 가장 위대한 유산이자, 칠레 민중예술 혁명의 빛나는 불꽃이었다. 하라는 비올레따에게서 폴끌로레를 배웠고, 비올레따와 함께 칠레 전통 민요의 발굴에 앞장섰다. 하라는 비올레따가 경직된 정치 구호를 통해서가 아니라, 불행도 기쁨도 맛보면서 가슴으로, 칠레 민중의 삶의 고갱이까지 파고들어 갔음을 어느 누구보다 잘 이해했다.

폴끌로레의 산실, 민중혁명의 텐트를 세우다

그러던 가운데 비올레따는 1966년, 이엠아이-오데온 레이블에서 중요한 앨범을 발표한다. 뻬냐 데 로스 빠라 운동에 동참했던 아티스트들과 함께 녹음한 폴끌로레 모음집인 《여왕의 텐트 Carpa De La Reina》였다.

《여왕의 텐트》앨범은 이사벨, 앙헬이 제창한 뻬냐 데 로스 빠라의 뜻에 동참해, 비올레따가 폴끌로레 아티스트들과 함께 이끈 '노상 집회 공연'의 기록이었다. 실제로 비올레따는 산띠아고의 평원에 큰 텐트를 세우고 테이블과 악기를 갖춘 뒤, 파브르, 엑또르 빠베스, 꼰훈또 껠렌따로 등의 뮤지션들과 폴끌로레 공연을 펼치기도

이사벨과 앙헬은 빠리에서 눈여겨보았던
클럽 문화에 착안해,
산띠아고의 술집과 클럽을 돌며
폴끌로레 음악을 연주하고
반정부, 반미주의의 메시지를 전파하는
순회공연을 시작했다.

'여왕의 텐트'에서 볼리비아 연주자들과 함께하는 비올레따, 1965년

했다. 뿐만 아니라, 극장이 있는 곳이든 아니든 상관없이 비올레따는 어디에서나 '여왕의 텐트'를 쳤다. 칠레 북부의 극장부터 최남단의 평원까지, 기타와 드럼과 팬파이프, 께냐 안데스 전통 플루트로 단출하게 구성한 안데스 폴글로레의 선율이 울려 퍼졌다. 여왕의 텐트는 어느새 비올레따의 집이 되었다. 《여왕의 텐트》 앨범은 그런 비올레따의 일상을 담아낸 결과였다.

나의 인생, 그것은 곧 라틴아메리카의 민중
나의 인생, 그러나 상실감으로 가득하네
나의 인생, 그것은 지배자들 때문이네
나의 인생, 그래서 소외되었네

경찰이여, 지금 이 시절은 언제쯤이 되어야
이 나라가 하나의 기둥으로 홀로 설 수 있을까요

하나의 기둥, 그래요
그리고, 하나의 깃발
국경에서 벌어지는 고난을 종식할
이 땅에서
내가 원하는 건 전쟁이 아닌 것을

〈라틴아메리카의 민중들 Los pueblos americanos〉에서

비올레따는 이 앨범에서 칠레 민중이 처한 비극적인 현실과 끊이지 않는 전쟁의 참상을 노래했다. 이는 슬픔에서 의지를, 분노에서 해학을 찾아내는 비올레따의 음악과 같았다. 가장 가난하지만 가장 위대한 민중의 고결한 숨결과 같은 폴끌로레의 기치를 높이 쳐들었다는 점에서 비올레따의 자긍심은 여왕과 같았지만, 기실 노숙이나 다름없는 텐트 생활은 힘겨웠다. 그러나 그만큼 민중의 편에서, 민중을 위해 노래한 비올레따의 진심이 가장 극명하게 표현된 운동이자 퍼포먼스이기도 했다.

●

삶이여, 감사합니다

●

그러나 가장 힘든 시련이 안팎에서 들이닥쳤다. 1964년부터 칠레를 이끈 에두아르도 프레이 몬딸바 대통령은 '쁘로모시온 뽀뿔라Promoción Popular'(사회 개혁)라는 기치 아래 칠레의 경제 개방에 앞장서는 정책을 대대적으로 펼쳤지만, 문화에 대해서는 개방적이지 못했다. 폴끌로레 운동이 좌파적 색깔이 짙다고 진단한 프레이 정권은 곧 비올레따의 음악이 칠레 전국 방송국에서 전파를 타지 못하도록 금지곡 판정을 내렸다.

이렇게 되자 음반사에서도 전과 달리 비올레따의 음반을 발매하기를 주저했다. 아무리 유럽에서 확고한 입지를 다졌다 해도, 비올레따에게 자신의 음악이 금지곡이 되는 일은 감당하기 힘든 변화였다. 파브르와의 관계도 평탄하지 않았다. 파브르는 1965년부터 볼리비아의 수도 라 빠스에서 뮤지션 에드가르 야오 호프레와 폴끌로레 밴드 '로스 하이라스 Los Jairas'를 결성해 활동하고 있었다. 밴드의 입지 때문에 그로서는 칠레로 돌아와 비올레따와 합류하기가 불가능했다. 고민과 불화 끝에 둘은 결별하기로 했다.

힘겨운 행군 같은 활동, 정권의 압력과 달라진 문화계의 분위기, 애인과의 결별은 강인했던 비올레따를 절망으로 몰아갔다. 무기력과 우울증 속에서 비올레따는 홀로 자살을 기도했다. 병원 침대에서 눈을 뜬 비올레따는 주변의 만류를 뿌리치고 다시 '여왕의 텐트'로 돌아왔다. 비올레따의 표정에는 어딘지 단호하고 숙연한 기운이 깃들어 있었다. 돌아오자마자 기타를 집어 든 비올레따는 작곡에 몰두했다. 그리고 얼마 뒤, 세상에 자신의 노래를 들려주었다. 기타 선율은 어느 때보다 슬펐지만, 동시에 엄숙했고, 비올레따의 목소리 역시 어느 때보다 서정적이면서 강단이 느껴졌다.

내게 이토록 많은 것을 준 삶에 감사합니다
삶은, 눈을 뜨면 흑과 백을 완벽하게 구분할 수 있는 두 샛별을 주

었고

높은 하늘에 빛나는 별들을, 수많은 사람들 가운데 내 사랑하는 이를 주었습니다

내게 이토록 많은 것을 준 삶에 감사합니다
삶은, 밤과 낮에 귀뚜라미와 카나리아 소리를 들려주었고
망치 소리, 터빈 소리, 개 짖는 소리, 빗소리
그리고 내 가장 사랑하는 이의 그토록 부드러운 목소리를 새겨 넣을 수 있도록
커다란 귀도 주었습니다.

내게 이토록 많은 것을 준 삶에 감사합니다
삶은, 내가 생각하고 말할 수 있는 소리와 언어, 문자를 주었고
어머니와 친구, 형제들 그리고 내 사랑하는 이가 걸어갈
영혼의 길을 밝혀 줄 빛도 주었습니다

내게 이토록 많은 것을 준 삶에 감사합니다
삶은, 피곤한 발로도 전진할 수 있게 해 주었습니다
나는 그 피곤한 발을 이끌고 도시와 늪지, 해변과 사막, 산과 평야,
당신의 집과 거리
그리고 당신의 정원을 걸어갈 수 있었습니다.

비올레따 빠라 I Violeta Parra

내게 이토록 많은 것을 준 삶에 감사합니다

삶은, 인간의 정신이 열매를 거두는 것을, 악으로부터 선이 해방되
는 것을

그리고 당신의 맑은 눈 깊은 곳을 응시할 때

내 심장을 온통 뒤흔드는 마음을 주었습니다

내게 이토록 많은 것을 준 삶에 감사합니다

삶은, 웃음과 눈물을 주어 슬픔과 행복을 구별할 수 있게 해 주었고

내 슬픔과 행복은 나의 노래와 여러분의 노래가 되었습니다

이 노래가 바로 그것입니다

그것은 우리들 모두의 노래이기도 합니다

세상의 모든 노래가 그러하듯

내게 이토록 많은 것을 준 삶이여, 감사합니다.

이 노래는 바로 비올레따의 인생 찬가, 〈삶이여, 감사합니다 Gracias
A La Vida〉였다. 가장 절망적인 순간에서도 삶의 질긴 생명력과 종교
적인 숭고함을 잃지 않았던 비올레따의 위대한 영혼을 그대로 드러
내는 노래. 그리고 그것은 비올레따의 유서이기도 했다. 1967년 2월
5일, 〈삶이여, 감사합니다〉를 칠레의 모든 민중에게 바치며 비올레
따는 '여왕의 텐트'에서 스스로 생의 끈을 놓아 버렸다.

비올레따가 세상을 떠났다는 소식이 알려지자 온 라틴아메리카

대륙과 유럽이 그녀의 죽음을 애도했다. 전 세계에서 비올레따를 추모하는 행사가 줄을 이었다. 1970년, 비올레따의 자서전과 시집이 출간되었고, 1972년, 디까쁘DICAP 레이블에서 비올레따의 음악을 모아 발표했으며, 이는 곧 유럽과 라틴아메리카 전역에서 발매되었다. 아따우알빠 유빵끼, 빠블로 네루다 등 비올레따를 지지하고 아꼈던 지인들도 그녀의 죽음을 애통해했다. 비올레따의 애제자이자 계승자인 빅또르 하라는 이렇게 말했다.

"많은 이들이 비올레따가 진정한 민중 예술가라고 생각하지 않았습니다. 비올레따가 정치적으로 미숙하다고 비판한 사람들도 있었습니다. 그러나 세월이 지나면 누구보다 민중이 비올레따를 인정하리라고 확신합니다. 비올레따는 가장 좋았던 시절을 농부와 광부와 어부, 그리고 안데스의 토착민과 어우러져 살았습니다. 비올레따의 음악은 칠레 역사에 새로운 바람을 일으킨 위대한 증거로 남을 겁니다."

비올레따 빠라는 아따우알빠 유빵끼와 함께 라틴아메리카의 전통 민요를 발굴하고, 그에 영향을 받은 음악을 통해 라틴아메리카의 전통문화를 계승하고 발전시켰다. 끊겼던 칠레 전통문화를 복원했다는 점에서 위대한 민속학자였으며, 전통과 당대의 문화를 접목했다는 점에서 훌륭한 문화 계승자였다. 또한 가사를 문학적으로 조탁했다는 점에서 뛰어난 시인이었다. 라틴 민속음악의 영역을 기타 연주에서 다양한 안데스 지역의 전통악기를 끌어들여 확장했다는 점에서 개척자였고, 음악을 통해 농민과 노동자의 삶을 부단히 대변했다는 점에서 위대한 민중주의자였다. 그리고 〈삶이여, 감사합니다〉는 오늘날까지도 비올레따의 예술혼을 대변하는 절대적인 주제가가 되고 있다.

나는 칠레의 민중을 향해 노래한다.
나는 무언가를 말하고 싶은 게 있고
박수갈채를 받고 싶어서 기타를 들지는 않는다.
나는 마땅한 진실과 잘못된 사실 사이에 존재하는 차이에 대해 노래한다.
그 목적이 아니라면 나는 노래하지 않을 것이다.

비올레따 빠라의 자서전에서

● 비올레따 빠라 이후의 칠레와 라틴아메리카

비극적인 자살로 생을 마감했지만, 비올레따 빠라의 예술 정신과 사회 개혁의 의지는 그녀의 죽음 뒤에도 칠레와 라틴아메리카에 지대한 영향을 끼쳤다. 생전에 비올레따가 펼친 '폴끌로레 운동'은 이후 라틴아메리카의 음악 문화 혁명운동인 '누에바 깐시온'의 초석이 되었다. 계급과 인종을 떠나 라틴아메리카 대륙의 연대 의식을 고취했던 비올레따의 정신은 이후 빅또르 하라에게 이어져 칠레 독재정권에 항거하는 위대한 정신으로 되살아났다.

비올레따 빠라 가족의 음악도 이어졌다. 비올레따의 딸 이사벨 빠라와 아들 앙헬 빠라는 어머니의 죽음 이후에도 활발하게 뻬냐 데 로스 빠라 운동을 계속해 나갔고, 이후 삐노체뜨의 군부 쿠데타 때에는 하라와 함께 저항 세력의 선봉장으로 앞장섰다. 그리고 현재 활발하게 음악 활동을 펼치며 라틴아메리카 음악의 세계화에 앞장서고 있는 비올레따의 손녀, 하비에라 빠라까지, 빠라 가문은 독자적이고 유구한 전통을 이어 나가고 있다.

하라가 비올레따의 정신적 아들이었다면, 아르헨티나가 낳은 위대한 디바 메르세데스 소사는 비올레따의 정신적 딸이라고 할 수 있다. 1960년대, 아르헨티나 누에바 깐시온 운동을 활발하게 이끌며 인권과 민주주의를 옹호하는 음악을 선보였던 소사는 탁월한 싱어송라이터이자, 폴끌로레의 '해석자'였다. 소사가 국제적인 명성을 획득한 것도 라틴아메리카의 다양한 음악을 독창적으로 해석하면서부터였다. 특히 비올레따의 〈삶이여, 감사합니다〉를 경건하면서 감동적으로 재해석해서, 그 노래는 메르세데스의 연주곡목 가운데 최고의 전설이 되었다.

DIANE ARBUS

KODAK TRI X FILM

금지된 것들에서 인간을 본 사진작가

다이앤 아버스

미국, 1923~1971

드디어 다이앤은 마약중독자와 포주들이 넘쳐나는 곳이든,
기형아와 난쟁이들, 거인들을 돈벌이 삼아 구경시켜 주는 삼류 서커스단이든
가리지 않고 찾아가기 시작했다.
새벽 두 시의 뉴욕 거리, 지하철역 안의 부랑아들, 곱사등이,
창녀, 언청이들이 있는 으슥한 위험 지대를 찾아다녔다.
다이앤은 어딜 가든 카메라를 내려놓으려 하지 않았다.
마치 토끼를 쫓다가 이상한 나라에 떨어진 앨리스처럼 셔터를 눌러 대다 돌아보면
위험천만한 곳까지 와 버린 자신을 발견하고 숨을 내쉬었지만
다이앤은 멈추지 않았다.

뉴욕 42번가의 싸구려 구경거리가 있는 공연장들 풍경, 1956년

자신의 작품을 들고 있는 다이앤 아버스, 1970년

© Stephen Frank

"대부분의 사람들은 정신적 외상을 입을까 두려워하며 살아간다.
그런데 기형인들은 애초부터 이런 외상을 지닌 채 태어났다.
그들은 이미 인생의 시험을 통과했기 때문이다.
그들이야말로 삶을 초월한 고귀한 사람들이다.
기형인들은 아무 생각 없이 세상을 살아가는 정상인들의 발걸음을 멈춰 세우고,
스스로에게 인생의 질문을 던지지 않을 수 없도록 만드는
이집트의 스핑크스 같은 존재였다."

웨스트베스의 자신의 아파트 벽 앞에 앉은 다이앤 아버스, 1970년

©Saul Leiter

누군가 다이앤에게
"여자는 스스로에게 더 큰 자신감을 불어넣을 수 있기 때문에
남자보다 더 나은 사진가가 될 수 있다."고 말하자 그녀는
"이봐요, 나는 여성 사진가가 아니라 그냥 사진가예요."라고 했다.
다이앤에게는 사진을 찍는 사람의 성별이 아니라,
훌륭한 사진을 찍는 일이 중요할 뿐이었다.

다이앤에게 사진이란
렌즈에 반영된 그 자신의 자아를 세상에 내보이는 수단이었다.
마치 이상한 나라의 거울 앞에 선 앨리스처럼
우리들은 다이앤 아버스의 사진을 통해
자신의 자아를 반영해 볼 수 있는 마법의 거울을 얻었다.
다이앤은 아무도 보려 하지 않았으나 언제나 존재해 오던 것들을
우리에게 열어 보여 주었다.

워싱턴 스퀘어 공원 주변에서 찍은 사진들 밀착인화지, 1965년

이상한 나라의 다이앤

다이앤 아버스Diane Arbus는 1923년 3월 14일, 뉴욕 5번가에서 백화점을 경영하는 아버지 데이비드 네메로브와 부유한 유대인이었던 어머니 거트루드 러섹 부부의 둘째로 태어났다. 위로는 훗날 시인이자 비평가가 되는 오빠 하워드가, 아래로는 다섯 살 터울이 지는 여동생 르네가 있었다.

어머니는 다이앤을 임신하고 있을 때 브로드웨이에서 관람한 오스틴 스트롱의 연극 《제7의 천국》을 보고, 극중 여주인공의 감성적이고 상처받기 쉽지만 동시에 강인한 성격에 반해 딸의 이름을 '다이앤'이라고 지었다. 극중 여주인공 다이앤은 사랑하는 남성의 도움으로 파렴치한 가족으로부터 탈출해, 성공하는 인물이었다.

뉴욕 5번가는 세계의 경제 수도라는 미국 뉴욕의 중심부 맨해튼을 남북으로 가로지르는 거리의 이름이자, 동시에 세계에서 가장 비싼 땅값과 수많은 명품 상점들이 즐비하게 늘어선 화려함의 대명사였다. 이곳에 자리 잡은 러섹스 백화점의 사장이었던 부유한 아버지 덕에 다이앤은 귀족처럼 살았다. 집에는 언제나 두 명의 전속 하녀와 운전사, 요리사, 오빠의 유모와 다이앤의 유모가 있었다. 다이앤의 부모는 연극 속의 가족처럼 파렴치한 사람들은 아니었지만, 다이앤은 어릴 때부터 숨 막히는 부모의 간섭으로부터 연극처럼 탈출하고 싶어 했다.

다이앤이 태어날 무렵, 네메로브 집안은 1920년대 전형적인 뉴욕 상류층의 분위기를 띠고 있었다. 아버지 데이비드는 늘 백화점 사업에 바빴고, 어머니 거트루드는 뉴욕의 사교계 사람들과 어울리며 도도하고 우아한 아름다움을 뽐내기에 바빴으므로 두 사람 모두 아이들과 어울릴 시간이 거의 없었다. 대신 하워드와 다이앤의 양육은 거의 전적으로 유모들에게 맡겨졌다.

이러한 네메로브 집안 풍경은 당시 일반적인 가정과는 많이 달랐다. 아이들은 자기 전에 목욕을 했고, 유모의 도움으로 잠옷을 입었으며, 아침이면 유모가 침대로 와서 아이들을 깨웠다. 아이들이 먼저 아침 식사를 마치고 어머니를 찾아가면, 어머니는 전날 밤의 파티로 인해 자고 있거나 침대에 걸터앉아 담배를 피우며 커피를 마시고 있었다. 때때로 어머니는 아침부터 다른 상류층 친구들과 전화 통화를 하느라 아이들을 손짓만으로 돌려보내거나 백화점 나들이를 위해 거울에 앉아 화장을 하고 있기도 했다.

또한 어머니를 따라 함께 백화점에 갈 때면 언제나 두툼한 코트를 입고, 흰 장갑을 끼고, 반짝이는 에나멜 가죽 구두를 신어야 했다. 어머니는 직원 하나하나의 이름을 모두 알고 있었다. 직원들 역시 거트루드뿐만 아니라 다이앤도 알아보았다. 어머니가 나타나면 직원들은 모두 사모님 앞에서 두 손을 모아 공손하게 인사했고, 아부하듯 뒤쫓아 다니며 열심히 설명했다. 하지만 다이앤에게는 모두가 마치 연극처럼 느껴졌다. 훗날 다이앤은 "루마니아의 우중충한 트란실바니아 지방 드라큘라 전설로 유명한 곳의 신물 나는 영화 세트 안에 있는 듯했고, 그 왕국에서 느낀 건 굴욕감이었죠."라고 말했다.

백화점에 갈 때마다 마지막에는 아버지 데이비드의 사무실에 들렀다. 하지만 아버지는 언제나 백화점 일에 골몰하고 있어서 다이앤이 찾아와도 거의 관심을 보이지 않았다. 데이비드가 아이들에게 관심을 보일 때는 가족을 동반한 파티에 참석하거나 사업상 중요한 손님이 집으로 찾아올 때뿐이었다. 데이비드는 이들에게 보이기 위해 단란한 가족의 온화한 아버지 역할을 연출하고는 했다.

데이비드는 값비싼 프랑스산 예술 서적들을 구입해서 한 번도 펼쳐 보지 않은 채 서재 진열장에 장식해 두었고, 사람들 앞에서는 언제나 밝은 미소로 대했지만 뒤돌아서면 그들을 시기했다. 데이비드는 사업가로서는 매력적이고 열정적인 사람이었지만, 자신의 성공에 방해가 된다면 가차 없이 짓밟고 지나가는 사람이기도 했다. 다이앤은 마음속으로 그런 아버지를 위선자라고 생각했지만, 한편으로 그런 아버지가 어머니보다 자신을 더 좋아한다고 믿었다. 다이앤은 아버지를 경멸하면서 동시에 사랑했기에 누구보다 아버지의 마음에 들고 싶었다.

다이앤과 오빠 하워드는 겉보기에는 풍족하고 남부러울 것 없어 보였지만 늘 우울하고 외로웠기 때문에 서로를 더욱더 의지했다. 다이앤은 오빠와도 사이가 좋았지만 1928년 여동생 르네가 태어나자 어머니에게 받지 못했던 자신의 애정을 동생에게 쏟아부었다. 르네가 어느 정도 자란 뒤부터는 유모의 보호 아래 나란히 센트럴파크로 산책을 나가고는 했는데, 이들 세 남매는 당연하다는 듯 하얀 장갑을 끼고 있었다.

다이앤은 동생에게 《그림 형제 동화》《걸리버 여행기》《피터팬》《오즈의 마법사》《이상한 나라의 앨리스》 같은 책들을 자주 읽어 주었다. 그 가운데서도 다이앤은 특히 《이상한 나라의 앨리스》를 좋아해서, 르네에게 책을 읽어 주다가도 동화 속의 앨리스가 거인이 되거나 난쟁이처럼 작아지는 대목에 이르면 곧바로 거울 앞에서 자신의 모습을 비춰 보고는 했다. 다이앤에게는 실제 세상이 동화보다 더 판타지 같은 곳이었다.

●

대공황, 세계대전 속의 부유한 사춘기 소녀

●

1930년, 여덟 살이 된 다이앤은 부유한 상류층 사람들만 다니는 센트럴파크 웨스트 거리에 있는 에티컬 컬처 초등학교에 입학했다. 학교에 입학한 다이앤은 아버지가 염려할 만큼 훌륭한 성적을 올렸다. 당시 다이앤의 성적표에는 "어휘력이 풍부하고, 집중력이 우수하며, 그림에 재능이 보입니다."라고 적혀 있었다. 아버지는 어린 여자아이치고 너무 조숙하고 영리한 다이앤이 사랑스러우면서도 걱정이 되었다. 그때까지만 해도 여성이 제 능력을 펼쳐 보이기 위해서는, 험난한 싸움이 필요한 사회였기 때문이다.

다이앤은 어려서부터 어른들이 자신에게 무엇을 원하는지 간파할 수 있었기에 그에 부합하는 아이가 되기 위해 노력했다. 특히,

아버지를 만족시키는 딸이 되고 싶었다. 어쩌면 이때부터 부모의 기대와 구속, 그에 부합하려는 다이앤의 마음 사이에서 갈등은 시작되었을지도 모른다. 그리고 이러한 갈등은 관심과 애정에 대한 간절한 바람으로 나타나기도 했다.

다이앤에게는 어렸을 때부터 돌봐 주던 유모 맘젤이 그러한 대상이었다. 그런데 초등학교에 입학하기 일 년 전 유모 맘젤이 네메로브 집안을 떠나자 한동안 다이앤은 몹시 힘들어했다. 그동안 맘젤에게 의지했던 다이앤은 이제 더 이상 의지할 곳이 없었다. 새로운 유모도 맘에 안 들었고, 반항의 한 방법으로 일부러 몸을 씻지 않기도 했다. 다이앤은 몸을 더럽게 해서라도 부모의 관심을 받고 싶었지만 소용없었다. 다이앤은 아버지를 사랑했지만 위선자로 여겼고, 어머니의 관심 또한 받고 싶었지만 남의 시선을 의식하여 언제나 상류층의 예의범절을 강요하는 부모로부터 탈출하고 싶었다. 선생님들이나 가족은 다이앤을 똑똑하다고 여겼지만, 그녀는 도리어 자신을 멍청하다고 여겼다. 이때부터 다이앤은 세상과 떨어져 있는, 자기 안의 어둠을 조금씩 느끼기 시작했다.

다이앤이 초등학교에 갓 입학하던 무렵 미국은 경제대공황으로 엄청난 위기를 겪고 있었다. 1929년 10월 24일, 뉴욕 월가의 뉴욕주식거래소에서 주가가 갑자기 대폭락하면서 시작된 경제 위기는 미국을 넘어 전 세계로 번져 나갔다. 이전에도 몇 차례 불경기는 있었

아리조나의 한 캠프에서 다이앤 아버스, 1937년

지만, 대공황은 루즈벨트 대통령의 뉴딜 정책으로도 극복되지 못할
정도로 심각해, 1939년 제2차 세계대전이 시작될 때까지 계속되었
다. 상황이 극도로 나빠지자 다이앤의 어머니도 한때 가지고 있던
보석의 일부를 팔기도 했다. 하지만 여전히 일주일에 한 번씩은 유
대계 상류층 사람들만 모이는 디너파티를 열 정도로 화려한 귀족
생활을 계속했다.

네메로브 집안의 아이들은 18세기 영국 숙녀들처럼 그림, 피아
노, 외국어 실력은 물론 예의범절 등을 두루 갖추도록 요구받았다.
대공황 속에서 이런 교육을 받은 다이앤은 굳이 자신이 차별받는
유대인임을 의식할 필요가 없는 환경에서 십대를 보냈다.

다이앤 주변에는 따르는 친구들도 많았다. 다이앤의 가족이 부유
했기 때문이기도 하지만, 다이앤은 성적도 좋았고, 예능 쪽에서도

남다른 재능을 보여 아이들과 어울리기도 잘했기 때문이다. 또한 아이들은 자기 부모들의 수준에 맞추거나 자신의 수준에 맞춰 무리를 지어 놀았다. 다이앤은 어떤 무리에서도 환영받았지만, 스스로는 자신의 재능을 깨닫지 못하고 오히려 자신의 끝없는 상상력에 불안해하고는 했다. 결국 다이앤은 어떤 무리와도 오래 함께하지는 못했다.

다이앤은 자신의 또래 친구들이 어른들을 흉내 내고 있다고 느꼈다. 응석받이로 키워지면서 한편으로는 부모들의 무관심 속에 방치되었던 상류층 학교의 또래 친구들은, 언제나 어른들에게 좀 더 사랑받고 인정받기 위해 서로 경쟁했다. 말하는 장식품 인형처럼 자랐기에 자신들이 해야 할 역할만을 충실하게 수행할 뿐 자의식이라고는 찾아볼 수가 없었다. 다이앤은 이들 모두가 겉으로는 더할 나위 없이 예의바르고 친절하지만 속으로는 각자 남보다 좀 더 우월해지고 싶은 위선자들이라고, 겉보기에 멀쩡할 뿐 마음속은 괴물과 다를 바 없다고 생각했다.

가족들 사이에서도, 학교에서도 다이앤은 점점 더 자신만의 세계에 빠져들었다. 그럴수록 다이앤은 누군가에게 마음속에 웅크리고 있는 어둠에 대해 실컷 이야기하고 싶었다. 하지만 아무도 다이앤의 말을 들어주지 않았다.

앨런과의 만남

에티컬 컬처 초등학교를 졸업한 다이앤은 중학교 과정과 고등학교 과정을 모두 한곳에서 마치도록 되어 있는 필드스톤 학교로 진학했다. 그곳에서 다이앤은 앨저넌 블랙이란 교사를 만나 신화, 꿈, 의식, 존재 등에 대해 자유롭게 이야기 나누고 배울 수 있었다. 이는 훗날 다이앤이 '남들과 다른 사진'을 찍을 때, 의식 저 밑바닥에서부터 다이앤을 추동하는 힘이 되기도 했다. 《이상한 나라의 앨리스》를 좋아했던 소녀는 이때부터 끊임없이 자신이 누구인지, 꿈과 신화가 진실인지 거짓인지 되묻기 시작했다.

그러던 어느 날, 학교 프로그램의 하나로 슬럼가 중심에 있는 에티컬 컬처 사회복지관을 방문하게 될 기회가 있었다. 사회복지관 주변에는 길고양이들이 쓰레기통을 뒤지고 있었고, 입구에는 노숙자와 부랑아들이 힘없이 앉아 있었다. 다이앤은 그들에게 말을 붙여 보고 싶었다. 하지만 선생님이 만류해서 그들과 접촉할 수 없었다. 모두가 똑같은 사람이었는데 어째서 자신만이 이런 고통과 역경으로부터 멀리 떨어진 채 안락하게 살 수 있는지 알 수 없었고, 자신만 특혜를 받고 있다는 죄책감 때문에 다이앤은 괴로웠다.

그때부터 다이앤은 오히려 브롱크스나 브루클린 같은 빈민가들을 돌아다니거나 지하철을 타고 다니면서 의식적으로 다양한 사람들을 만나려고 했다. 물론 두려웠다. 하지만 그곳의 사람들을 맞닥뜨림으로써 특혜를 받았다는 죄의식, 고통을 떨치고 시각적으로 새로운 경험을 할 수 있었다. 미술 시간에는 자신으로 하여금 죄의식과 수치심을 느끼게 만들었던 그 사람들의 얼굴을 그렸다.

미술 교사였던 빅터 다미코는 다이앤에게 특출한 재능이 있음을 발견했고, 틈틈이 격려해 주었다. 유모 맘젤이 떠난 뒤 의지할 데 없이 방황했던 다이앤에게 다미코는 처음으로 자신의 마음을 열어 보일 수 있는 사람이었다. 다이앤은 특히 좋아하는 케테 콜비츠나 파울 클레, 고야 등에 대해 다미코와 많은 이야기를 나누었다. 그럴 때마다 다미코는 그들과 비교하면서 다이앤을 칭찬하고는 했지만, 다이앤은 자신에게 그런 재능이 있을 리 없다며 의심하면서 자신을 믿지 않았다.

하지만 다이앤은 새로운 그림을 완성할 때마다 아버지에게 보여 주었고, 그 그림들을 보면서 아버지는 딸의 재능에 흐뭇해했다. 반면, 아버지는 테너 가수가 되고 싶다는 오빠 하워드에게 그런 예술로는 밥벌이가 되지 않는다며 아들의 기를 꺾어 놓기도 했다. 사실 속으로는 아이들이 자신을 닮아 예술적 재능이 있다는 사실에 매우 기뻐했다. 아버지는 어머니와 단둘이 있을 때면 아이들을 자랑스럽게 여기면서 "나도 사실은 화가가 될 수도 있었어. 이 아이들 역시 나를 닮았어."라고 말하고는 했다. 그러나 어머니는 이제는 아이들이 자라면서 자신과 어떤 이야기도 하지 않으려 하고, 점점 더 자기와 멀어지고 있다며 투정하고는 했다.

1935년, 아버지는 다이앤이 러섹스 백화점의 여성 일러스트레이터 도로시 톰슨에게 개인 교습을 받게 해 주었다. 무정부주의자이면서 독립적인 여성인 톰슨을 통해 다이앤은 점점 자신 안에 잠자고 있던 재능을 조금씩 깨워 갈 수 있었다. 또한 톰슨이 알려 준, 조지 그로스라는 화가의 거침없고 적나라한 그림은 훗날 다이앤이 '기이한 것'들에 매료되어 사진을 찍는 데 단초가 되기도 했다.

그렇게 러섹스 백화점 미술부를 자주 드나들다 다이앤은 한 남자를 만나게 됐다. 낮에는 러섹스 백화점 미술부에서 사환 일을 하고, 밤에는 야간대학을 다니는 연극배우 지망생 앨런 아버스였다. 앨런은 또한 멋지게 클라리넷을 부는 청년이기도 했다.

운명의 끈으로 이어져 있는 듯, 두 사람은 만나자마자 서로에게 반해 버렸다. 앨런을 만난 뒤 다이앤은 친구에게 "불 같은 사랑에 빠져 버렸어."라고 고백하기도 했다. 다이앤은 당장이라도 앨런과 함께 살고 싶었기 때문에 더 이상 참지 못하고, 네메로브 부부에게 당장이라도 앨런과 결혼하고 싶다고 말했다. 당시 다이앤의 나이는 불과 열여섯 살이었다.

평소 세상일에는 전혀 관심 없다는 듯 자기 세계에만 빠져 있던 다이앤이 갑자기 러섹스 백화점에서 일하는 청년과 결혼하겠다고 나서자 네메로브 부부는 큰 충격을 받았다. 이들 역시 앨런이 똑똑하고 충분히 매력적인 청년이란 사실은 인정했지만, 네메로브 집안의 기준으로 보았을 때는 그저 너무나 가난한 청년일 뿐이었다. 두 사람은 자신의 딸이 야간대학을 다니는 가난뱅이 직원과 사랑에 빠졌다는 데 충격을 받아, 자신들도 부모가 반대하는 결혼을 했었다는 사실은 까맣게 잊고 다이앤과 앨런을 떼어 놓기 위해 애썼다. 하지만 다이앤과 앨런은 부모의 감시를 피해 결혼하기 전까지 4년 동안 갖은 방법을 다 동원해서 은밀하게 만남을 계속했다.

●

영혼의 반려자와 결혼한 다이앤

●

어느 무리하고도 어울릴 수 없었고, 자기 주변의 모두를 위선자라고 여겼던 다이앤은 앨런을 만나면서 처음으로 영혼의 반려자이자 멘토^{정신적 안내자}를 만났다고 생각했다. 또한 다이앤은 앨런과 만난 뒤부터 여성으로서 자신의 몸을 다시 보게 되었고, 자신을 사랑하는 법을 알아 가기 시작했다. 당시만 해도 제모를 하고 브래지어,

거들을 하지 않으면 부끄러운 일이라고, 여성은 자위를 하지 않는다고, 일방적으로 여성성을 강조하며 족쇄를 채우는 사회였다. 하지만 다이앤은 자신의 몸을 부끄러워하지 않고, 브래지어나 거들을 입지 않았고, 운동을 하여 몸을 건강하게 만들고, 혼자 벌거벗은 몸을 자랑스럽게 응시하기도 했다.

다이앤이 앨런과 열렬한 사랑에 빠져 있을 무렵, 어머니는 남편의 외도를 눈치채고 우울증을 앓기 시작했다. 다이앤은 어머니가 왜 그토록 우울해하는지 알지 못했다. 보통 여자들이 가지고 싶어 하는 모든 것을 가진 어머니였으니까. 하지만 이미 자라서 자신만의 세계를 갖기 시작한 자식들과 어머니는 대화가 없었고, 사업에 몰두하다가 다른 여자들에게 눈길을 돌리는 남편의 사랑을 차지할 수도 없었다. 어머니는 고립되었고, 외로웠다. 다이앤은 훗날 자신이 똑같은 느낌을 받게 되기 전까지는 어머니를 이해할 수 없었다.

어머니가 우울증에 시달리는 동안에도 젊은 두 연인은 부모 몰래 만남을 계속 이어 나갔고, 누구도 갈라놓지 못할 정도로 둘의 사랑은 뜨거워졌다. 그러던 어느 여름날, 센트럴파크로 놀러갔던 앨런이 풀밭에 누워 있는 다이앤의 모습을 카메라에 담았다. 다이앤은 난생처음 사진을 찍은 소녀처럼 흥분했고, 신나서 가족들에게 사진을 보여 주었다. 아버지는 앨런이 찍은 사진이라는 것을 알아채고는 아무 말도 하지 않았다. 그는 다이앤이 아무리 증명해 보이려 해도 앨런과의 교제는 아예 없었다는 듯이 대했다. 아버지의 무시에 분개한 다이앤 역시 그를 철저하게 무시하기 시작했다. 참다못한 아버지는 다이앤이 가장 존경하는 다미코 선생에게 전화를 걸어 부탁했다.

"다이앤이 앨런 아버스를 만나지 않게 해 주십시오. 누가 뭐라 해도 말을 듣지 않지만 선생님만은 따르니까, 그 애를 설득해 주세요. 그렇게 해 주시면 돈은 얼마든지 드리겠습니다."

다미코 선생은 그의 제안을 단호하게 거절하는 대신 다이앤에게 여름 동안만이라도 뉴욕을 떠나 매사추세츠 주에 있는 커밍턴 아트 스쿨에 가 보면 어떻겠냐고 제안했다. 아버지 역시 다이앤과 앨런을 오래 떨어뜨려 놓을 수만 있다면 두 사람 사이의 애정도 저절로 식으리라 생각했다.

1938년 7월, 다이앤은 커밍턴 아트스쿨로 떠났다. 그곳에서 다이앤은 예술가를 꿈꾸는 알렉스 엘리엇이라는 친구를 만났다. 알렉스는 첫눈에 다이앤의 신비한 매력에 반했다. 다이앤 역시 엘리엇을 좋아했지만, 그녀에게 엘리엇은 친구 이상은 아니었다. 커밍턴 아트스쿨에 가 있는 동안에도 다이앤은 앨런을 잊은 적이 한 번도 없었다. 비록 엘리엇의 마음속에는 다이앤에 대한 사랑이 움트고 있었지만, 다이앤과 엘리엇은 더할 나위 없이 마음이 잘 맞는 친구였다. 두 사람은 학교 근처 언덕이나 묘지 등을 돌아다니며 자유로운 공상을 하고 이야기를 나누느라 시간 가는 줄 몰랐다. 엘리엇은 다이앤이 천재적인 예술 재능을 지녔다고 생각했고, 자신이라면 다이앤과 함께 예술가로 성공할 수 있으리라 믿었다.

그러던 어느 날 앨런이 다이앤을 만나기 위해 버스를 타고 커밍턴 아트스쿨까지 찾아왔다. 다이앤은 엘리엇에게 앨런을 소개하면서 '약혼자'라고 했다. 엘리엇은 다이앤의 마음이 바뀌기를 바랐지만, 다이앤과 앨런의 사랑이 금세 타올랐다 사그라들, 치기 어린 사랑이 아님을 확인할 수 있었다. 엘리엇은 다이앤과 연인 사이가 되지는 못해도 친구로만 남아도 괜찮다고 생각했다. 또한 엘리엇은 앨런과도 절친한 친구가 되었다. 이 세 명의 길고 복잡하게 얽히고설킨 우정과 애정의 관계가 시작되는 순간이었다.

커밍턴 아트스쿨에서의 짧은 여름도 끝나고 어느덧 필드스톤 스쿨을 졸업할 무렵이 되었다. 다이앤의 주변 사람들은 모두 그녀가 예술가의 길을 걷기 위해 대학에 진학하리라고 생각했다. 하지만 앨런과 사귄 뒤부터 부쩍 성숙해진 다이앤에게 대학은 고등교육기관이라기보다는 삶이 없는 삭막한 공간일 뿐이었다.

또한 당시 다이앤은 그 무엇보다 먼저, 가족이라는 굴레에서 벗어나고 싶었다. 그때까지 다이앤은 누군가의 시선에 만족할 만한 사람이 되기 위해 노력하며 살아왔다. 가까운 공원에 나갈 때조차 하얀 장갑에 반질반질 윤이 나는 에나멜 구두를 신어야 했고, 무엇

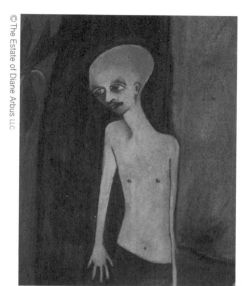

커밍턴 아트스쿨에서 다이앤이 그린 앨런, 1938년

센트럴파크에서 다이앤과 앨런, 1939년

을 먹을지, 무엇을 입어야 할지도 부모의 참견이나 상류층 집안의 기준에 어울리도록 해야만 했다. 참을 수 없었다. 급기야 다이앤은 스스로를 고아라고 여기기까지 했다.

그러기에 졸업을 앞둔 다이앤은 그때가 자유를 얻기 위해서 결단을 내려야 할 때임을 알았다. 만약 결혼을 해서 누군가의 아내가 된다면 아버지도 어쩔 수 없이 인정해 줄 수밖에 없고, 다이앤 자신에 대한 이러저러한 요구들도 수그러들어 더 이상 누군가를 만족시키려고 아등바등하지 않아도 되리라 생각했다. 물론 한 남자의 아내가 되는 일이 자신을 구속할 수 있을지도 모르지만, 그것만이 그녀를 자유롭게 해줄 수 있는 수단이라고 생각했다. 네메로브 부부는 딸의 마음을 되돌리기 위해 계속 노력했지만 다이앤의 결심은 확고했다.

결국 네메로브 부부는 딸의 결혼을 승낙할 수밖에 없었다. 두 사람의 약혼 소식은 다른 뉴욕 상류층 사람들의 약혼 소식처럼 《뉴욕타임스》에 실렸다. 다이앤은 그때 이미 앤이라는 여자와 결혼해 유부남이 된 엘리엇에게도 자신의 결혼 소식을 알렸다. 물론 결혼 뒤에도 두 사람은 꾸준히 소식을 주고받았다. 1941년 4월 10일, 다이앤 네메로브는 앨런 아버스와 결혼하여 다이앤 아버스가 되었다. 다이앤이 열아홉 살 때의 일이었다.

가난하지만 열정적인 결혼 생활

훗날 다이앤은 《뉴스위크》와의 인터뷰에서, 어떻게 서른여덟 살이라는 늦은 나이에서야 진지하게 사진을 찍기 시작했는지 묻자 이렇게 대답했다.

"여자는 자기 삶의 첫 단락을 남편을 찾고 아내와 어머니가 되는 법을 배우며 보내기 때문이죠. 이런 역할을 제대로 하려고 애쓰느라 다른 역할을 해낼 시간이 없었어요."

물론 익숙하지 않은 집안일이었지만 다이앤은 나름대로 결혼 생활에 최선을 다했다. 앨런은 생계를 꾸려 가기 위해 러섹스 백화점에서 일하면서 패션 사진을 찍었고, 다이앤도 모델 스타일링을 하는 등 남편을 도왔다. 하지만 결혼 이후 다이앤의 부모는 다이앤 부부의 집에 거의 들르지 않았고, 다이앤 부부가 경제적으로 어려운지 알았지만 도와주지 않았다. 물론 다이앤 역시 부유한 부모 덕을 보고 싶지 않았다. 어머니, 아버지처럼 흥청망청 낭비하고 싶지 않았고, 가난했지만 마음만은 편한 나날들이었다.

1941년 12월, 일본이 진주만을 공습해 미국도 제2차 세계대전에 참전하자, 앨런 역시 1943년, 육군 통신대에 입대할 수밖에 없었다.

다행히 앨런은 군대 내의 사진 학교에 보내졌고, 다이앤은 남편이 복무하고 있던 뉴저지 주 레드뱅크로 이사해서 함께 지낼 수 있었다. 앨런이 사진 학교에서 돌아오면, 다이앤은 앨런이 배운 내용을 공부하면서 함께 지냈다. 전 세계를 화염에 휩싸이게 한 전쟁이었지만, 미국 본토는 비교적 평화로웠다. 하지만 언제까지나 그러한 시간이 계속되지는 않았다. 1944년, 앨런의 사진 부대는 버마 전선으로 떠났다.

앨런이 떠난 뒤 다이앤은 자신이 임신했다는 사실을 알게 됐고, 자신의 누드 사진을 찍어 앨런에게 임신 사실을 알렸다. 다이앤의 임신 사실을 알게 된 어머니는 앨런이 전쟁에 나가 있는 동안 다이앤이 자신 곁에 함께 머무르기를 바랐다. 어쩔 수 없이 다이앤은 어머니 곁에 잠시 머물렀지만, 과거와 다를 바 없이 귀족 생활을 강요하려 들자 곧바로 후회했다. 제1차 세계대전, 대공황 때와 마찬가지로 네메로브 집안은 여전히 흥청망청한 생활에 젖어 있었다.

1945년 4월 3일, 다이앤은 가족 가운데 누구도 부르지 않은 채 병원에서 홀로 딸 둔을 낳았다. 다이앤은 언제나 가족의 지나친 간섭 속에 살았지만 무언가를 진정으로 경험하기 위해서는 혼자여야만 한다고 느꼈다. 하지만 어머니는 달랐다. 심지어 모유를 먹이고 있는 다이앤에게 묻지도 않고 간호사를 고용해 둔에게 우유를 먹이려고 해서 심하게 다투기도 했다. 다이앤은 진절머리가 났다. 전쟁이 한창이었지만 다이앤은 앨런이 하루 빨리 돌아오기를 바랐다. 앨런이 돌아와 함께 생계를 꾸리면, 더 이상 네메로브 집안의 일원으로 되돌아가지 않아도 될 테니까.

드디어 앨런이 제대하고 돌아왔다. 둘은 브로드웨이와 웨스트엔드 애비뉴 사이의 철길 옆 아파트로 이사했다. 쥐와 바퀴벌레가 돌아다니고, 밤이면 이웃사람들이 싸우는 소리가 들렸으며, 겨울에는 난방도 거의 되지 않는 싸구려 아파트였다. 이런 열악한 상황에서, 앨런은 자신이 어릴 때부터 꿈꿔 온 연극을 고집하고 있을 수만은 없었다. 연극을 해서는 아내와 아이를 부양할 수 없었기 때문이다. 결국 앨런은 연극에 대한 꿈을 잠시 접고, 육군에서 배운 사진 기술을 이용해 다시 패션 사진을 시작하기로 했다.

아버지는 도와주겠다며 새로운 카메라 장비를 사 주기로 했지만 결국 카메라 구입비의 일부만 대 주었다. 대신 아버지는 러섹스 백화점의 일감을 조금 주었다. 둘에게는 정기적으로 보수가 들어오는 첫 번째 일감이었지만, 러섹스 백화점은 이들에게 너무 적은 보수를 주었다. 결국 둘은 어느 정도 경력을 쌓은 뒤부터 함께 광고대행사를 찾아다니며 일감을 구했다.

그런 사정을 모르는 사람들은 다이앤과 앨런이 너무 부자여서 일할 필요가 없다고 생각하기도 했다. 하지만 두 사람은 결혼 생활 내내, 특히 사진가로서 안정된 지위를 얻기 전까지는 항상 돈 걱정을 하며 살아야 했다. 하지만 그들은 궁핍한 생활에 절망하거나 불평하지는 않았다. 다이앤은 실제 모델 촬영을 하기 전에 먼저 옷을 입고 포즈를 취하면서 앨런이 사진 콘셉트를 잡고 준비하는 데 도움을 주었고, 때로는 앨런과 다이앤이 반반씩 나눠 찍기도 하면서 언제나 함께했다. 또한 모델들이 다 가고 나면 서로 사진을 찍어 주기도 했다.

1947년, 유명 패션 잡지인《글래머》와 일하게 되면서 다이앤과 앨런은 서서히 패션 사진가로 인정받게 되었다. 다이앤은 주변 사람들에게 앨런이 얼마나 훌륭한 패션 사진가인지 이야기했고, 앨런 역시 다이앤도 이제는 본격적으로 자신만의 사진을 찍을 때라고 격려했다.

●

여자로서, 엄마로서

●

나이가 들어가면서 다이앤은 자신의 몸과 재능, 답답한 사회 속의 여성 등에 대해 점점 더 많은 생각을 했다. 그래서 첫째 딸 둔을 낳은 뒤부터, 자신이 어렸을 때는 결코 받아 보지 못한 격려를 해 주고, 딸에게 헌신하는 모습을 보여 주려 했다. 다이앤이 어렸을 때

사정을 모르는 사람들은 다이앤과 앨런이
너무 부자여서 일할 필요가 없다고 생각하기도
했다. 하지만 두 사람은 결혼 생활 내내, 특히
사진가로서 안정된 지위를 얻기 전까지는 항상
돈 걱정을 하며 살아야 했다. 하지만 그들은
궁핍한 생활에 절망하거나 불평하지는 않았다.

둔과 다이앤, 1945년

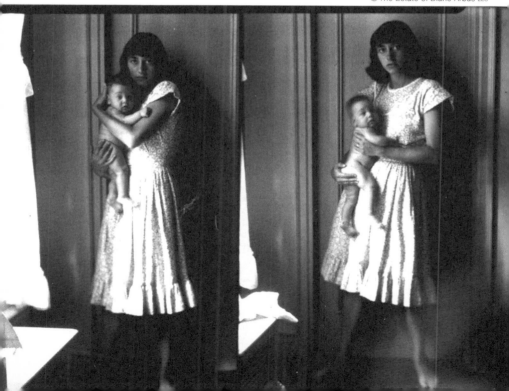

《글래머》에 실린 다이앤과 앨런의 자화상, 1947년

는 기성 사회의 수많은 규칙, 또한 상류층 아이들이 지켜야만 하는 규범으로 고통받았다. 하지만 자신의 딸만큼은 자유롭게 키우고 싶었다. 두 사람은 거의 매일 센트럴파크에 나가 규칙을 어기는 게임을 즐기고는 했다.

"둔! 저기 벤치에 앉아 있는 남자 보이지? 그 남자 다리 사이로 기어 나온 다음 일어서서 센트럴파크가 어디냐고 물어볼 수 있겠니?"

둔은 다이앤의 제안을 받고 씩씩하게 도전해서 성공한 뒤, 도리어 다이앤에게 좀 더 강도 높은 제안을 했다.

"엄마는 저기 흰 제복을 입은 여자 관리원에게 그녀를 태워 달라고 해 보세요."

또한 앨런은 둔을 자신의 패션 사진에 모델로 등장시키기도 했다. 세 식구가 모두 촬영장에 갈 때면, 앨런은 모델들이 쉬는 동안 다이앤과 둔의 사진을 많이 찍었다. 나중에 인화한 사진을 보면 모녀는 마치 쌍둥이, 거울 이미지 같아 앨런은 놀라고는 했다.

다이앤의 이러한 자유로운 교육 덕분인지, 둔은 자기 주장이 강하고 주위 시선에 아랑곳하지 않는 당당한 아이로 자랐다. 부모를 닮아서인지 예능에 재능을 보였고, 다이앤은 그런 둔의 모습이 자랑스러웠다.

어느덧 둘은 《글래머》뿐만 아니라, 《세븐틴》, 《보그》 같은 유명 잡지와도 일을 하면서 정신없이 바쁜 나날을 보내게 됐다. 너무 지쳐서였을까? 1951년 겨울, 갑자기 다이앤은 남편 앨런, 딸 둔과 함께 훌쩍 뉴욕을 떠나 이탈리아, 스페인, 프랑스 등 유럽에서 일 년을 보내기도 했다.

그리고 1953년, 다이앤은 두 번째 아이를 임신했다. 어릴 때부터 아이 넷을 낳아 기르고 싶다고 했던 다이앤은 두 번째 아이를 임신했다는 사실을 알고 매우 기뻐했다. 임신은 다이앤이 여성으로 경험할 수 있는 가장 신비하고 경이로운 체험이었다. 다이앤은 자기가 여성이라는 사실을 언제나 매우 신비롭게 여겼고, 달마다 찾아오는 월경을 자랑스러워했다. 대부분이 남자 사진가들로 구성된 팀에서 작업을 하던 중에도 월경 때가 되면 다이앤은 신나서 생리 중이라고 외치고는 했다.

두 번째 아이를 임신한 뒤에야 다이앤은 어머니를 마음으로부터 각별하고 친밀하게 여길 수 있게 되었다. 어머니는 딸의 임신을 축하했고, 더 많은 아이를 낳으라고 격려했다. 모녀 사이에 임신과 출산이라는 공통의 경험은 새로운 이야깃거리를 제공했고, 연대의 마음을 품게 해 주었다. 1954년 4월 16일, 다이앤은 둘째 딸 에이미를 마취제 없이 자연분만했다. 출산의 고통을 마취제도 없이 생생하게 경험한 뒤 다이앤은 이것이야말로 일생 동안 겪은 일들 가운데 가장 기괴하고 초현실적인 경험이었다고 이야기했다.

자신만의 사진 작업을 시작하며

　그즈음 다이앤의 부모에게도 많은 일이 있었다. 러섹스 백화점이 커다란 위기를 맞자 아버지는 백화점 주식을 모두 팔아 버리고, 경영 일선에서 거의 물러났다. 어머니, 아버지는 이제까지 살던 커다란 집을 팔고 훨씬 작은 아파트로 이사했다. 이러한 부모의 몰락과 상관없이 아버스 부부는 패션 사진가로서 전성기를 맞이했고, 광고 사진으로 돈도 제법 벌게 되었다. 하지만 유명해질수록 더욱 패션 사진이라는 사업에 싫증을 내기 시작했다. 상업 사진의 단조로움, 매일매일 똑같은 일상에서 벗어나고 싶었다.

　또한 다이앤은 그러기 얼마 전부터, 앙리 까르띠에 브레송의 사진집 《결정적 순간》을 읽고는, 브레송이 이야기하는 '모든 것이 기적적으로 맞아 떨어지는 결정적 순간'을 줄곧 염두에 뒀다. 늘 카메라를 둘러메고 다녔고, 필름이 없더라도 셔터를 눌렀다. 다이앤은 마음의 눈이 대상을 포착할 수 있을 때까지 자신을 훈련시켜 나가고 있었다.

　날이 갈수록 다이앤의 심신은 지쳐 갔지만, 일은 감당하기 어려울 정도로 미친듯이 넘쳐 나, 아침 일찍부터 시작해서 녹초가 될 때까지 일을 하지 않으면 안 되었다. 그럼에도 다이앤은 앨런을 사랑하고, 믿고, 의지하고 있었기 때문에, 넘쳐 나는 일감에 빠져 있는 앨런에게 이러한 사실을 이야기하지 않았다. 하지만 스튜디오에 들어갈 때마다 다이앤은 더욱더 피폐해지고 갇히는 느낌에 우울증은 심해 갔다.

1957년 어느 날, 다이앤과 앨런은 중대한 결단을 내렸다. '다이앤 앤드 앨런 아버스 스튜디오'는 계속 운영하지만, 앨런은 계속 꿈꾸어 온 연기 수업을 제대로 시작하고, 다이앤은 패션 사진은 더 이상 하지 않고, 자유롭게 마음 가는 대로 사진 찍는 일을 계속하기로.

한편으로 다이앤과 앨런이 더 이상 공동 작업을 하지 않게 되었다는 것은 부부로서 두 사람의 관계도 사실상 끝났음을 뜻했다. 다이앤이 자신만의 사진 세계를 찾아 떠나자, 앨런 역시 얼마 안 지나 패션 사진을 그만두었다. 두 사람은 자연스럽게 별거에 들어갔으나 앨런은 여전히 두 딸의 양육비를 보조했고, 다이앤 역시 예전처럼 정신적으로 앨런에게 의지했다.

그러나 앨런이 이제 젊은 시절부터 하고 싶었던 배우의 꿈을 향해 다가가면서, 부부는 공유할 수 있는 또 하나의 세계를 잃어버렸다. 다이앤과 앨런을 연결해 주고 있던 정신적 연결고리들이 하나둘씩 떨어져 나가고 있었다.

평생의 스승, 리젯 모델을 만나다

    드디어 다이앤은 광고주나 편집자에 구속받지 않으며, 자기만의 자유로운 사진을 찍기 시작했다. 매일매일 거리에 나가 생면부지의 낯선 사람들을 찍으려 했다. 상업 사진가로서의 평탄한 길을 포기하는 대신 새롭게 시작한 사진작가의 길은 결코 쉽지 않았다. 새로운 사진을 하고 싶다는 넘치는 의욕과 달리 다이앤은 수줍음을 많이 탔다. 다이앤은 아직까지 누에고치 안의 번데기였다. 그 번데기에서 다이앤을 탈피할 수 있도록 누군가 도와줄 필요가 있었다. 다이앤은 내키지 않았지만 혹시 도움이 될까 하여 알렉세이 브로도비치의 사진 워크숍 과정에 등록했다.

    항상 "진지해져라." "전에 본 것이 보이면 셔터를 누르지 마라!"며 피사체를 자신만의 눈으로 바라보고, 새로움을 끌어내도록 독려하는 브로도비치는 결코 칭찬하는 법이 없는 무서운 스승이었다. 브로도비치는 다큐멘터리 사진가들을 특별히 높이 평가했고 상업 사진가들은 마음에 두지 않았다. 화재로 전 재산을 잃은 뒤부터는 제자들을 더욱 심하게 다그쳤다. 스스로 상업 사진가 출신이라는 꼬

리표를 떼기 위해 고심하고 있던 다이앤에게 브로도비치는 너무나 매몰차고 직설적인 스승이었기에 다이앤은 도저히 번데기 안에서 나올 수가 없었다.

어느 날 브로도비치가 "상업 사진가의 수명은 나비의 수명과 같다. 한 사진가가 8년 이상 생산적으로 일하는 사례는 매우 드물다."며 상업 사진가들을 폄하하는 이야기를 하자 다이앤은 마음이 상해 그의 곁을 떠나게 되었다.

브로도비치를 떠난 뒤 다이앤은 훨씬 더 자유로워졌고, 혼자서 다시 초창기 사진가인 조제프 니엡스부터 동시대의 최신 사진 경향까지 꼼꼼하게 살펴보면서 연구하고 배우기 시작했다. 그 가운데서 특히 비정상적인 피사체를 많이 다루고 있는 리젯 모델이라는 사진가에게 끌렸다.

다이앤은 무턱대고 리젯 모델에게 전화를 걸었다. 그러고는 그녀의 작품을 사고 싶다, 안 되면 보기만이라도 할 수 없느냐고 물었다. 하지만 모델은 단호하게 모두 거절했다. 물론 다이앤 역시 쉽게 물러서지 않았고, 결국 모델의 수업을 들어도 좋다는 허락을 받았다. 1958년, 다이앤은 모델이 수업을 하고 있는 뉴스쿨대학교에 등록했다.

사진을 찍는다는 일은 창조의 문제라며 기술 따위는 잊으라고 했던 모델은, 다른 사람들이 결코 전에 찍어 본 적이 없는 사진을 찍으라는 처음 과제를 내주었다. 모델은 특히 빛의 중요성에 대해서 많이 이야기했다.

"사진은 우리의 시각을 확장하지만 너의 방법은 걸음마 단계이다. 빛은 가장 위대한 정신의 수용체이다. 사진에서 빛은 존재를 드러내기 위해 꼭 필요하다. 사진은 빛으로 만들어진다. 그렇다면 가서 비추어라. 가서 드러내라. 세상에 가려진 것, 소외된 것, 버림받은 것, 모든 상처 입은 영혼들이 너의 빛을 기다리고 있다. 그것이 너에게 주어진 소명이다."

하지만 여전히 다이앤은 머뭇거렸고, 자신감을 가지고 피사체에 접근하지 못했다. 그렇게 머뭇거림의 시간이 계속되던 어느 날, 다이앤은 모델과 깊이 있는 이야기를 나눌 수 있는 기회를 얻었다. 어릴 때 두려움과 호기심으로 쏘다니고는 했던 로어 이스트 사이드로 촬영을 나갔을 때였다.

여전히 "사진을 못 찍겠다."고 이야기하는 다이앤에게 모델은 다이앤만이 찍을 수 있는, 찍고 싶은 소재를 찾아보라고 했다. 바로 답을 할 수 없었던 다이앤은 조금만 시간을 달라고 했고, 며칠 뒤 모델을 만난 다이앤은 "저는 악한 것을 찍고 싶습니다."라는 답을 했다. 다이앤의 대답을 들은 모델은 이야기했다.

"악한 것도 좋아. 그렇지 않아도 좋아. 강력하게 찍고 싶은 마음이 드는 것을 찍지 않으면, 절대 사진을 찍을 수 없어. 너에게서 그

것을 끄집어내 봐!"

그렇게 모델의 가르침은, 언제나 현실로부터 멀리 떨어져 안락한 세계에만 길들여져 있던 다이앤의 마음을 일깨웠다. 어린 시절 거울 앞에서 스스로의 모습을 비춰 보던 마음속의 앨리스가 깨어났고, 오즈의 마법사에게 이르는 노란 길이 열렸다. 모델의 격려를 받고, 그동안 마주하기 두려워했던, 그러나 강렬하게 만나고 싶었던 사람들을 찍기 위해 다이앤은 카메라를 들고 거리로 나섰다.

●

금지된 것들의 탐험자

●

드디어 다이앤은 마약중독자와 포주들이 넘쳐나는 곳이든, 기형아와 난쟁이들, 거인들을 돈벌이 삼아 구경시켜 주는 삼류 서커스단이든 가리지 않고 찾아가기 시작했다. 새벽 두 시의 뉴욕 거리, 지하철역 안의 부랑아들, 곱사등이, 창녀, 언청이들이 있는 으슥한 위험 지대를 찾아다녔다.

하지만 다이앤은 카메라를 목에 걸고 있는 동안에는 상대방도 그녀가 여성이라는 사실보다는 사진가라는 사실에 주목한다는 것을 알고는 두려움을 떨칠 수 있었다. 그래서 어딜 가든 카메라를 내려놓으려 하지 않았다. 마치 토끼를 쫓다가 이상한 나라에 떨어진 앨리스처럼 셔터를 눌러 대다 돌아보면 위험천만한 곳까지 와 버린 자신을 발견하고 숨을 내쉬었지만 다이앤은 멈추지 않았다.

특히 브로드웨이와 뉴욕 42번가가 만나는 자리에서 25년 이상 문을 열고 있던 휴버트 프릭 박물관은 다이앤이 뉴욕에서 가장 자주 드나드는 곳이었다. 휴버트 프릭 박물관은 20세기 중엽에 기형인들이 등장하는 다양한 곁들이 공연sideshow과 여흥 프로그램을 운영하며 미국 서커스의 마지막 명맥을 유지한 공연장이었다.

다이앤은 그곳에서 몸의 절반은 남성, 절반은 여성인 사람이나 어깨에서 손이 자라난 사람, 다리 셋 달린 남자, 뱀과 지내는 여성 등 다양한 기형인들을 보았지만 이야기를 나누거나 사진을 찍기는 쉽지 않았다. 하지만 다이앤은 그들이 싫어할 정도로 기형인들에게 매료되었다.

그들은 무리에 끼어든 '정상인'을 불편해했고, 다이앤을 멍한 눈빛으로 노려보고는 했다. 그들 가운데 몇몇은 다이앤을 두렵게 만들기도 했다. 하지만 그러한 상황은 다이앤이 휴버트 프릭 박물관을 찾는 이유이기도 했다. 너무 무서워서 가슴이 뛰고 이마에 땀이 맺히는 순간 말이다. 하지만 그들도 다이앤이 지치지 않고 박물관을 찾아가자 마음을 열고 이야기를 들려주었고, 불편한 시선을 거두기 시작했다.

또한 다이앤은 몇 달 동안이나 타임스퀘어 지역을 밤낮으로 돌아다니며 거리의 노숙자들, 심야 극장에 들어가기 위해 줄을 선 사람들을 찍었고, 쇼핑백에 잡동사니를 채우고 거리에서 살아가는 여성들을 촬영했다. 다이앤은 이들에게 접근할 때마다 두려움을 느꼈지만 두려움을 벗 삼아 이들과 대화를 나눴다. 하지만 매번 그런 사람들을 만나고, 촬영 허가를 받기는 쉽지 않았다. 항상 다이앤을 믿어주고, 거친 도심 속을 헤치며 촬영하는 일을 지원해 줄 친구가 절실했다.

그때 기적처럼 다이앤에게 평생의 멘토가 나타났다. 1959년 어느 파티에서, 다이앤은 안경을 낀 창백한 안색의 화가 마빈 이스라엘을 만나게 되었다. 이전에 이스라엘이 《세븐틴》의 아트디렉터로 일할 때 몇 번 만난 적이 있었지만, 그날 이스라엘은 전혀 다른 느낌으로 다이앤에게 다가왔다.

프랑스의 유명한 소설가 마르셀 프루스뜨부터 이언 플레밍의 추리소설, 제임스 본드 시리즈에 이르기까지 온갖 주제에 대해 말하기를 즐겨하는 괴짜였던 이스라엘은 다이앤에게 마법과 수수께끼 같은 이야기들을 들려주었다. 그런 이스라엘에게서 다이앤은 피터 팬과 오즈의 마법사, 이상한 나라의 앨리스에 빠져들었던 어린 시절의 자신을 발견했다.

다이앤이 이스라엘을 평생의 멘토이자 절친한 벗으로 생각하게

〈장난감 수류탄을 들고 있는 아이|Child with a toy hand grenade〉 밀착인화지, 1962년

된 데는 두 사람의 비슷한 성장 과정이 크게 작용했다. 두 사람 모두 유대인이었고, 부유한 집안에서 자랐다. 다이앤은 자신의 출신이나 부유한 환경을 거부했지만, 한편으로는 자신과 비슷한 출신 배경을 가지고도 그것을 거부하는 사람한테는 동지 의식을 느꼈다. 당시 다이앤은 누군가 자신을 이해하고 자신의 작품 활동을 적극적으로 격려해 주고, 자극을 던지는 사람이 절실했다. 이스라엘은 그에 꼭 적합한 인물이었다.

이스라엘은 단순히 입만 살아 있는 떠벌이 괴짜가 아니었다. 이스라엘은 다이앤이 찍은 기형인들과 노숙자, 온갖 기괴한 모습이 담긴 사진들을 보고 그녀에게 놀라운 재능이 숨겨져 있음을 느꼈다. 또 그 같은 재능을 꽃 피우기 위해서는 누군가 곁에서 다이앤을 부추겨 줘야만 한다고 생각했다. 이스라엘은 그 뒤로도 11년 동안 다이앤에게 조언을 하고, 자극을 주었으며 기회가 있을 때마다 그녀를 널리 알리기 위해 노력했다.

때마침 남성 잡지 《에스콰이어》에서 다이앤에게 새로운 일거리를 제공했다. 이전에 작업했던 패션 사진이 아니라 뉴욕의 밤 생활을 취재해 사진 에세이로 꾸며 달라는 제안이었다.

다이앤은 벨뷰에 있는 시체 공시소를 찾아가 아무도 찾아가지 않는 시체들이 어떻게 공동묘지에 묻히게 되는지 촬영하면서 《에스콰이어》 일을 시작했다. 그 뒤로 다이앤은 맨해튼의 간이 숙박소,

사창가, 싸구려 호텔, 작은 공원 등 다양한 곳을 소재로 사진 에세이를 연재했다. 다이앤은 평생 뉴욕에서 살았지만 거의 처음 보는 듯한 광경들을 계속 발견해 갔다.

다이앤은 마치 뉴욕이라는 거대한 도시를 최초로 탐험하는 모험가처럼 작업했고, 언제나 새벽까지 거리를 쏘다녔다. 다이앤이 대상에 몰입할 때는 누구도 그녀를 방해할 수 없었다. 사진 작업들을 완료한 뒤 다이앤은 이렇게 소리쳤다.

"난 뉴욕을 꽉 잡았어!"

내면을 응시한 다이앤의 사진

이렇게 사회로부터 금지된 것들에 매혹되어 찍기 시작한 다이앤의 사진들은 얼핏 보면 정통적인 다큐멘터리 사진의 표현 기법을 사용한 듯 보인다. 하지만 다이앤의 사진에 등장하는 인물들은 이제까지의 다큐멘터리 사진들에서는 거의 볼 수 없었던 불구인 사람, 난쟁이, 여장 차림을 한 동성애자, 나체주의자 등 정상의 세계가 배척한 사람들, 비정상이라고 부르는 사람들이었다. 다이앤의 사진들에 담긴 이 사람들의 모습은 무척 신비해 보이기까지 한다.

그런데 이 사진 속 사람들은 마치 증명사진처럼 한결같이 정면을 바라보고 있다. 얼굴은 대낮의 햇살 아래에서 거의 그늘이 드리워지지 않은 채 환하게 드러난다. 다이앤은 대상이 해를 등지고 서 있을 때조차 역광을 피하려고 돌아서 달라거나 하지 않았다. 그보다는 대낮에도 얼굴에 그늘이 지지 않도록 스트로보 촬영 빛의 양이 부족할 때 별도로 플래쉬를 쓰는 촬영을 했다.

얼핏 보면 다이앤의 사진들은 이제 막 배운 초보자가 평범한 구도로 찍은 듯 보이지만, 자세히 살펴보면 매우 치밀한 계산 아래 찍은 것임을 알 수 있다. 이전까지의 다큐멘터리 사진들은 사회적 문제를 고발하는 데만 집중할 뿐, 대상의 내면을 파고들지는 않았다. 하지만 다이앤의 다큐멘터리 사진들은 평범하게 촬영된 듯 보이는 한 장의 사진조차 대상의 깊은 내면세계를 드러내기 위해 정교하게 거듭해서 촬영한 것이다.

패션 사진을 그만두고 다시 사진을 시작한 10여 년 동안, 다이앤은 언제나 한결같이 비정상이라고 부르는 사람들을 카메라에 담아왔다. 하지만 다이앤은 자신이 담은 사진 속 주인공들을 전혀 동정하지 않았고, 사진 속 인물들 역시 카메라의 시선을 피하지 않았다. 그들은 자신의 정면에 카메라가 있다는 사실을 알고 있었고, 사진을 통해 자신들을 바라보게 될 사람들을 똑바로 응시했다.

사진 속 대상들은 카메라를 바라보면서 전혀 불편해하지 않는데,

오히려 사진을 바라보는 사람들이 마치 훔쳐보다 들킨 사람들처럼 불편해진다. 이 역시 고도로 계산된 구도라고 할 수 있다. 관객들이 불편하지 않게 바라볼 수 있는 〈어느 일요일 잔디밭 위의 가족 A family on their lawn one Sunday〉 같은 작품조차 사진 속 인물들은 교묘하게 쌍을 이루어 그 자체로 고도의 상징성을 지니도록 배치하고 있다.

이렇듯 다이앤은 대상을 섣부르게 동정하는 대신, 카메라 저편의 사람과 자신이 다르다는 사실과 그 경계를 인정했다. 억지로 카메라가 존재하지 않는다는 듯 자연스러움을 연출하는 대신, 카메라 반대편에 자신이 존재하고 있음을 과감하게 드러냈다. 정면을 바라보고, 좌우 대칭 쌍을 이루고 있는 사진들은, 인위적인 자연스러움을 포기하는 대신 모델이 하나의 주체로서 당당하게 서 있다는 느낌을 준다.

다이앤은 이처럼 찍는 사람과 찍히는 사람 사이의 경계에서 생겨나는 긴장을 통해, 그동안 세상에 없는 듯 치부되었던 소외된 존재들을 겉으로 드러냈다. 우리가 살고 있는 일상, 정상적이라고 하는 삶 속에 이토록 많은 비정상들이 함께하고 있었다는 사실을 처음 알게 된 사람인 양, 다이앤의 사진들은 정상과 비정상의 세계가 누구에 의해 결정되는지 똑바로 보라고 말하고 있다.

또한 다이앤은 몸무게가 1백71킬로그램에 키가 2미터40센티미터나 되는 유대인 거인 에디 카멜을 촬영할 때는 먼저 그와 우정을 나누기 위해 노력했다. 다이앤은 1962년부터 1970년까지 줄기차게 카멜을 찾아가 사진을 촬영했지만 그 기간 동안 한 번도 카멜의 사진을 인화하지 않았다. 거인 카멜이 비좁은 아파트에서 자기 부모와 마주보고 있는 한 장의 사진을 얻기 위해, 다이앤은 9년에 걸쳐 카멜을 만났고, 그의 부모와 정서적 교감을 나눴다. 다이앤 자신이 두 딸을 둔 어머니였기에 다이앤은 카멜의 어머니를 이해할 수 있었다. 모든 엄마들이 아이를 임신했을 때 느끼는 공포, 내 아이가 어딘가 잘못되지 않았기를 바라는 심정 말이다.

그리고 다이앤은 자신이 촬영한 사진들이 돈벌이 수단이 되지 않도록 극도로 주의했다. 마음만 먹으면 영화배우나 부자들을 촬영해 명예와 부를 모두 얻을 수 있었을지 모르지만, 결코 그렇게 하지 않았다. 다이앤이 기형인의 모습을 주로 촬영한다는 것이 알려지자 비아냥거리고 싶었던 어떤 이가 자신의 얼굴이나 한번 촬영해 달라고 부탁한 일이 있었다.

다이앤은 속으로 씁쓸한 마음이 들었지만 겉으로는 미소를 띠며 상대에게 이렇게 말해 주었다.

"한 5백 번은 셔터를 눌러야 가면을 쓰지 않은 당신 모습을 찍을 수 있을걸요."

〈어느 일요일 잔디밭 위의 가족 A family on their lawn one Sunday〉, 1968년

〈유대인 거인과 그의 부모 A jewish giant at home with his parents〉, 1970년

다이앤과 사진 속 인물들

　다이앤의 사진은 인정받기 시작했지만, 세간에는 이러한 다이앤의 작업에 삐딱한 시선을 보내는 사람들도 있었다. 한때는 예쁜 어린이 모델들을 세워 놓고 패션 사진을 촬영하던 다이앤이 기형과 장애를 지닌 사람들, 거리의 노숙자들처럼 사회로부터 버림받은 사람들의 사진들을 발표하기 시작하자, 부잣집 딸의 재미있고 낭만적인 놀이냐고 비아냥거리고는 했다.

　그럴 때마다 다이앤은 이렇게 말했다.

　"분명 나는 기형 사진을 많이 찍었다. 그들은 내가 처음으로 사진에 담은 대상 가운데 하나이며, 그들을 찍는 일은 몹시 흥분되는 일이었다. 물론 나는 그들을 존중했고, 아직도 그들 가운데 몇몇을 좋아하고 있다. 그렇다고 이들이 나의 가장 친한 친구라는 뜻은 아니다. 그들은 나에게 부끄러움도 경외심도 함께 준다. 가던 길을 멈추고 수수께끼의 답을 요구하는 신화 속의 인물처럼 그들에게는 특징적인 전설이 있다. 대부분의 사람들은 정신적 외상을 입을까 두려워하며 살아간다. 그런데 기형인들은 애초부터 이런 외상을 지닌 채 태어났다. 그들은 이미 인생의 시험을 통과했기 때문이다. 그들이야말로 삶을 초월한 고귀한 사람들이다."

겉보기에 아무것도 부족할 것 없는 환경에서 자랐고, 모두가 아름답다고 여기는 외모를 지닌 다이앤이었다. 하지만 다이앤은 누구에게나 외면이나 배경의 그럴듯함 속에 감춰진 상처가 있다고 생각했다. 상처가 겉으로 드러나 있는 기형인들은 스스로 정상이라고 믿고 있는 사람들의 거울이었다. 사회적 가면 속에 깊이 감춰 둔 정신적 외상과 상처받을지 몰라 두려워하는 마음이 기형인들에 대한 멸시의 감정으로 드러난다고 다이앤은 믿었다.

다이앤에게 기형인들은 아무 생각 없이 세상을 살아가는 정상인들의 발걸음을 멈춰 세우고, 스스로에게 인생의 질문을 던지지 않을 수 없도록 만드는 이집트의 스핑크스 같은 존재였다. 다이앤은 이미 인생의 시험을 통과한 이들에게 경외심과 부끄러움을 느꼈다. 그들을 제대로 보여 줌으로써, 다이앤은 우리 모두로 하여금 우리 또한 괴물이라는 사실을 일깨워 주었다.

다이앤의 사진들 가운데에는 사진 찍힌 당사자의 허락을 받지 못해 공개하지 못한 사진들도 많다. 누드주의자들의 캠프에 합류해서 찍은 사진들은 당사자들과 합의가 되지 않아 현재까지도 그 사진 가운데 일부만 공개되고 있다. 슬픔과 기쁨이 공존하는 신비로운 모습으로 다이앤의 대표작 가운데 하나인 〈일란성 쌍둥이 로젤Identical twins, Roselle〉 역시 공개된 뒤에 쌍둥이의 부모로부터 격렬한 항의를 받았다. 이렇듯 다이앤의 사진을 몹시 기분 나쁘게 여기는 사람들도 꽤 있었다. 특히 1930년대를 주름잡았던 섹스 심벌의 대명사 영화배우 매 웨스트의 분노는 대단했다.

잡지 《쇼》의 의뢰를 받아 매 웨스트를 촬영하러 갔을 때의 일이다. 1960년대 최고의 섹스 심벌인 마릴린 먼로가 닮고자 했던 대배우 웨스트는 어느새 나이 든 노인이 되어 있었다. 웨스트는 다이앤 아버스란 젊고 아름다운 여성 사진가가 자신을 촬영하러 왔다는 말에 한껏 미소를 지으며 맘껏 촬영하라고 포즈를 취해 주었다. 다이앤은 그녀의 모습이 어딘가 할리우드가 만들어낸 인공적인 산물 같다고 느꼈지만, 자신이 발견한 웨스트의 모습을 최대한 카메라에 담았다. 서둘러 촬영을 마치고 나서는 다이앤에게 웨스트는 할리우드 스틸 사진 촬영인 양 팁으로 1백 달러를 줬다. 하지만 다이앤은 만나서 너무 기뻤다는 짤막한 메모와 함께 그 돈을 웨스트에게 돌려주고 나왔다. 마침내 사진이 《쇼》에 실렸을 때, 웨스트는 사진들이 너무 노골적이고 잔인할 만큼 매력이 없다며 격분한 나머지, 변호사를 시켜 《쇼》의 발행인에게 항의했다.

웨스트처럼 특별한 경우도 있었지만, 다이앤은 자신이 촬영한 인물들과 대체로 좋은 관계를 맺는 편이었다. 사진가로서 다이앤의 명성이 조금씩 높아져 갔고, 행복하게 일에 매진할 수 있었다. 그러나 불행의 그림자도 서서히 다이앤을 향해 다가오고 있었다.

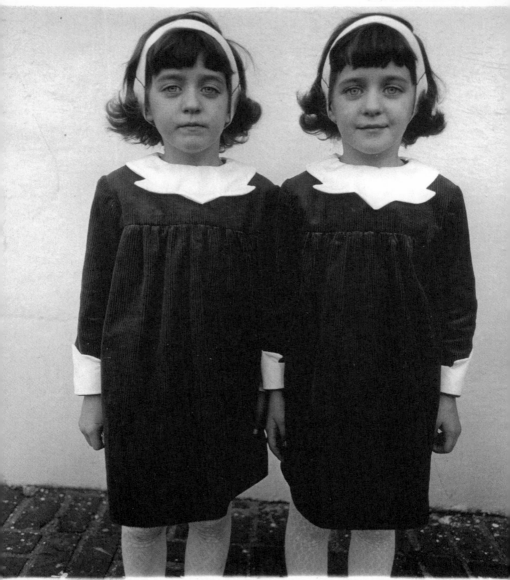

〈일란성 쌍둥이 로젤Identical twins, Roselle〉, 1967년

완전하게 떠나 버린 첫사랑

　다이앤이 자기 사진을 찍고, 성공의 문턱에 들어서던 무렵부터 네메로브 부부의 부와 명성은 기울기 시작했다. 아버지 데이비드는 러섹스 백화점의 주식을 팔아 얻은 자금을 바탕으로 부동산 벤처 사업에 투자했지만 손실만 보았다. 그러나 이들 부부는 이제 더 이상 부자가 아니라는 사실보다는 다이앤과 앨런이 시험적인 별거를 거쳐 사실상 결별했다는 데 더 실망하고 힘들어했다.

　다이앤 역시 앨런이 자신과 결별한 뒤 다른 사람을 사랑하고 있다는 사실을 알고는 커다란 충격을 받았다. 다이앤은 앨런이 자신 말고 다른 사람을 사랑할 수 있으리라고는 한 번도 생각해 보지 않았기 때문이다. 그 사실을 결코 믿을 수 없었다.

　소녀 시절에 만난 앨런은 다이앤의 첫사랑이었고, 다이앤은 앨런으로부터 사랑, 여성, 예술, 사회 등에 대해 많이 배웠다. 결혼한 뒤 몇 차례 위기도 있었지만, 둘은 서로를 존경하고 애정의 끈을 놓지 않았다. 그랬기에 다이앤은 설령 서로에게 애인이 있다고 하더라도 그 상태로도 얼마든지 부부 관계만은 유지되리라고 생각했다. 그런데 앨런이 새로 만난 사람과 결혼하고 싶다며 고백하자, 다이앤은 큰 충격을 받았다. 한때는 사랑과 결혼이 영원히 유지되리라 믿기도 했지만, 이제 다이앤은 혼자 사는 여자로서의 새로운 삶에 적응해야만 했다. 사진가로 성공할수록 더욱더 어머니의 역할에 충실하기 위해 노력했다. 다이앤의 일상은 언제나 두 딸의 움직임에 맞춰 이루어졌다. 둔과 에이미를 보살피는 일이 그 어떤 일보다 첫 번째였다. 그 다음이 자신의 일이었다. 그러고 나서 일을 할 때는 무서울 정도로 맹렬하게 달려들었다.

하지만 일을 하지 않을 때면 다이앤은 심각한 우울증에 시달렸다. 앨런과도 여전히 친구처럼 좋은 관계를 유지했지만, 이제 앨런은 새로운 연인과 더욱더 행복한 관계를 맺고 있었으므로, 마음의 병을 함께 다독이기에는 무리였다. 이스라엘은 둘도 없는 친구였고, 든든한 후원자로서 함께 지내는 시간이 많았지만, 그 역시 아내에게 충실한 남자였고, 그와 24시간을 함께할 수는 없었다.

●

뉴 도큐멘트 전시회

●

1960년대 미국은 베트남전이라는 명분 없는 전쟁으로 젊은이들을 희생시키고 있었다. 1962년 5월, 때마침 다이앤은 《에스콰이어》

의 의뢰를 받아 평화행진을 찍기로 했다. 13명의 평화주의자들이 참가해 메릴랜드 주부터 뉴햄프셔 주에 이르는 1천1백26킬로미터의 행진을 이끈 사람은 양심에 따른 병역 거부자였던 스물한 살의 폴 셀스트롬이었다. 셀스트롬은 다이앤과 함께 많은 이야기를 나눴다. 훗날 셀스트롬은 다이앤을 회상하며 그녀가 자신뿐만 아니라 당시 행진에 참가한 사람들과 오랜 시간 대화를 나누며 시간을 보냈다고 말했다. 뿐만 아니라, 다이앤은 나중에 셀스트롬이 감옥에 갇혔을 때에는 2년에 걸쳐 격려 편지를 쓰기도 했다.

또한 1960년대는 여성 사진가의 시대이기도 했다. 다이앤 아버스 말고도 포토저널리즘의 여왕 마거릿 버크 화이트, 매그넘 에이전시 최초의 여성 사진가 이브 아놀드, 뒷골목 사진의 대가 헬런 레빗 등 훌륭한 여성 사진가들이 있었다. 하지만 다이앤 아버스는 리젯 모델을 제외하고는 다른 작가들과 어울리지 않았다. 대신 다이앤은 로버트 프랭크 등 남성 사진가들과 어울렸다. 다이앤에게는 굳이 남자, 여자를 나눠서 무리를 지을 필요도, 그럴 생각도 없었기 때문이다. 누군가 다이앤에게 "여자는 스스로에게 더 큰 자신감을 불어넣을 수 있기 때문에 남자보다 더 나은 사진가가 될 수 있다."고 말하자 그녀는 "이봐요, 나는 여성 사진가가 아니라 그냥 사진가예요."라고 답하기도 했다. 다이앤에게는 훌륭한 사진을 찍는 일이 중요하지 사진가의 성별은 중요하지 않았다.

하지만 다이앤의 이러한 생각과 현실은 많이 달랐다. 다이앤에게 잡지 사진 촬영은 유일한 생계 수단이었지만, 똑같은 일을 해도 잡지사는 여성 사진가에게 남성의 절반 정도만 비용을 지불했다. 사진이 인정받고 성공한다고 해서 경제적으로도 그만큼 대우를 받지는 못했다. 다행히 다이앤은 1963년과 1966년 두 차례에 걸쳐 구겐하임 지원금을 받아, 경제적 어려움을 해결하기도 했다.

그리고 1967년, 마침내 다이앤은 그동안 작업한 결과물들로 세계에서 가장 유명한 미술관 가운데 하나인 뉴욕현대미술관에 초대되었다. 다이앤에게 이 전시회는 정말 뜻밖의 제안이었다. 다이앤은 이미 사진계에서 명성이 높았던 게리 위그노랜드, 리 프리들랜더와 함께 〈뉴 도큐멘트〉라는 전시회의 초대작가가 되었다. 당시 인지도나 인기 면에서 다이앤보다 훨씬 뛰어났던 두 명의 사진가와 함께한 전시였지만, 막상 〈뉴 도큐멘트〉 전시회가 열리자 다이앤을 위한 전시회처럼 되어 버렸다.

수많은 사람들이 다이앤의 사진 앞에서 떠날 줄을 몰랐고, 한 비평가는 다이앤에게 '이상한 것들의 마법사'란 별명을 지어 주기도 했다. 다이앤의 사진 앞에 몰린 많은 사람들 가운데 그 예술성에 감탄하는 사람들도 있었지만, 많은 사람들은 그녀의 작품을 이해하지 못했고, 그녀를 악취미를 지닌 이상한 여성, 부끄러움을 모르는 여자, 인간성이 파탄난 여자로 취급했다. 더군다나 다이앤이 부유한 환경에서 자랐다는 사실 때문에 더욱더 많은 사람들이 비난했다.

어쨌거나 다이앤의 사진은 그만큼 충격적이었다. 이전까지 누구도 다이앤처럼 기형인들에게 가까이 다가가 그들을 카메라에 담은 사람은 없었다. 다이앤 이전에도 기형인들을 찍은 사람이 있기는 했다. 1870년대 프랑스 의사인 폴 레나르는 히스테리 환자의 발작 증세를 촬영했고, 프랑스 생리학자 G. B. 뒤센느는 노인에게 전기 쇼크를 가한 뒤 고통과 놀라움을 카메라에 담았다. 그러나 이들은 합리적인 과학 정신에 따라 기록했을 뿐, 누구도 다이앤처럼 기형인들에게 다가가 그들의 가식 없는 영혼을 담고자 하지 않았다.

많은 대중들이 다이앤의 사진에 충격을 받고 비판하기도 했지만, 다이앤의 사진을 이해하고, 그녀를 열렬히 지지하는 사람들도 있었다. 〈뉴 도큐멘트〉 이전부터 다이앤의 사진 세계를 알아본 파슨즈 디자인 스쿨에서 다이앤은 1965년부터 이듬해까지 강의를 했고, 전시회에 대한 지지와 이해에 힘입어 1968년부터 다음 해까지는 쿠퍼 유니언 스쿨에서 사진을 가르쳤다.

하지만 다이앤의 성공이 스스로를 시샘했을까? 〈뉴 도큐멘트〉 전시회 이후 다이앤에게는 연이어 불행이 닥쳐왔다. 1968년 간염을 앓고, 그 뒤로 다이앤은 몹시 쇠약해졌다. 또한 그 당시 이미 실질적으로는 남남으로 지내고 있던 앨런이 이듬해인 1969년, 젊은 여배우 마리 클레어 코스텔로와 결혼하기 위해 다이앤과 법적으로도

DIANE ARBUS

수많은 사람들이 다이앤의 사진 앞에서
떠날 줄을 몰랐고, 한 비평가는 다이앤에게
'이상한 것들의 마법사'란 별명을
지어 주기도 했다.

다이앤의 사진 앞에 몰린 많은 사람들 가운데
그 예술성에 감탄하는 사람들도 있었지만,
많은 사람들은 그녀의 작품을 이해하지 못했고,
그녀를 악취미를 지닌 이상한 여성,
부끄러움을 모르는 여자,
인간성이 파탄난 여자로 취급했다.

이혼하기를 원했다. 다이앤은 다른 여자와 결혼하는 앨런을 위해 작은 축하 파티까지 열어 주었지만, 그녀의 내면은 커다란 충격에 휩싸였다. 앨런은 결혼과 동시에 할리우드로 이사했고, 이제 다이앤은 영혼의 반쪽을 잃어버렸다.

간염 증세가 나타난 뒤부터 다이앤은 사람들을 만나러 나갈 힘도 없었기 때문에 주로 전화로 대화를 나누었다. 다이앤의 삶은 점점 더 고독해졌고, 항우울제를 복용해야만 간신히 견딜 수 있는 지경까지 이르렀다. 성장한 두 딸도 각자 일로 바빠졌기 때문에 어머니 곁을 비울 때가 많았다. 앨런은 여전히 최선을 다해 돈을 보냈지만 두 딸을 기르기에 풍족할 정도는 아니었다. 몸은 망가져 갔지만 다이앤은 여전히 더 많이 일해야 했다. 더구나 앨런이 떠나자 마음 놓고 사용할 수 있는 암실마저 없어져 버려, 작업에 차질이 생기기까지 했다.

●

마법의 거울을 남기고 간 다이앤

●

사실 다이앤은 태어나면서부터 자신만의 세계에 갇혀 우울을 벗처럼 대하며 살아왔기 때문에 우울에는 익숙했다. 2년 동안 우울증

치료를 받기도 했지만, 다이앤은 가능하면 항우울제를 거부하며 스스로 힘으로 견뎌 보려고 애썼다. 두 딸을 위해서라도 우울증 증세를 이겨 내야 한다고 생각한 다이앤은 힘겨운 사투를 벌였다.

하지만 안락함을 포기하고 자신만의 삶을 찾아 나섰던 그 순간부터 다이앤의 삶은 언제나 무언가 하나를 얻기 위해서는 하나를 희생해야만 하는 것이었다. 알 수 없는 수수께끼를 풀어야만 지나갈 수 있는 세계의 한편에서 다이앤은 더 이상 견딜 수 없었다. 그렇게 1971년 7월 28일, 다이앤은 스스로의 손목을 긋고 생을 마감한다. 당시 다이앤의 나이는 49세였고, 이듬해인 1972년 여름에 있을 베니스 비엔날레에 사진가로는 최초로 미국 대표가 되어 참가할 예정이었다.

오빠 하워드는 다이앤의 장례식에서 한 편의 추도시를 읽었다.

스스로 목숨을 끊은 D에게

사랑하는 이여, 끝이 오기 전에
어린아이들의 놀이를 생각했는지 궁금하다
너도 분명히 그 놀이를 했을 텐데. 그 놀이를 할 때
너는 정원의 좁은 벽을 따라 뛰었지
그것은 산 위의 바위라고 생각하며
너무 자욱하게 눈 덮인 어둠이 내려앉아

어느 쪽으로도 얼마나 깊은지 볼 수가 없고
균형을 잃었다고 느꼈을 때
너는 떨어지는 것이 두려워 뛰어내렸다, 그리고 생각했지
그저 잠시 동안만, 그때 나는 죽은 거야

그것은 지난 생이었다. 그리고 이제 너는 가 버렸다
너는 더 이상 어른들의 놀이를 하지 않고
그곳에서, 어둠 위 바위에서 균형을 잡고
계속 달리고 내려다보지 않는다
떨어질까 두려워 뛰어내리지도 않는다

　다이앤 아버스의 죽음은 하나의 신화가 되었다. 다이앤의 죽음은 잠시일 뿐이다. 베니스 비엔날레에 다이앤의 작품이 전시되었을 때 수많은 사람들이 그녀의 작품에 열렬히 호응했고, 같은 해 11월 뉴욕현대미술관에서 열린 추모 전시회에는 3개월 동안 25만 명이라는 엄청난 인파가 몰려들었다. 이러한 관람객 규모는 이전까지 다큐멘터리 전시회의 대명사였던 〈인간 가족 The Family of Man〉 전시회를 훨씬 웃돌았다. 이후 세계 여러 곳을 돌아가며 개최된 다이앤의 전시회는 곳곳에서 격렬한 반응을 불러일으켰고, 세계의 여러 미술관들이 그녀의 작품을 영구 보존하기 위해 앞다투어 수집하기 시작했다.

다이앤 아버스는 인간의 육체가 지닌 장애와 기형이라는 고통을 초월해서, 한 인간이 지닌 존엄에 대해 사진이라는 언어를 통해 말했다. 다이앤에게 사진이란 렌즈 저편의 상대방만을 촬영해 렌즈 반대편의 관객들에게 보여 주는 수단이 아니라, 렌즈에 반영된 그 자신의 자아를 세상에 내보이는 수단이었다. 마치 이상한 나라의 거울 앞에 선 앨리스처럼 우리들은 다이앤 아버스의 사진을 통해 자신의 자아를 반영해 볼 수 있는 마법의 거울을 얻었다.

다이앤은 언젠가 "나는 내가 찍지 않는다면 아무도 보려 하지 않는 것들이 존재한다는 사실을 정말로 믿는다."고 말했다. 다이앤은 아무도 보려 하지 않았으나 언제나 존재해 오던 것들을 우리에게 열어 보여 주었던 것이다.

다이앤 아버스의 사진 세계와 그 영향

다이앤 아버스만큼 짧은 기간에 세계적으로 각광을 받은 경우는 드물다. 다이앤은 다큐멘터리 사진의 전통을 계승하면서도 동시에 새롭고 독특한 스타일로 발전시켰다. 다이앤의 사진은 이전까지 다큐멘터리 사진 하면 떠올릴 수 있는 개념과는 완전히 다른 주관적이고, 개성적인 해석을 전면에 내세운 사진이었다.

다이앤이 소녀 시대를 보냈던 1930년대 미국은 대공황을 겪었고, 대공황기의 다큐멘터리 사진들은 미국 농촌의 가난과 삶의 터전에서 쫓겨난 사람들의 모습을 담았다. 그와 같은 예전의 다큐멘터리 사진들이 객관적 입장에서 대중을 위한 사진이었다면, 다이앤은 자신의 주장과 개성에 입각한 새로운 다큐멘터리 사진의 출현을 알렸다. 이제 다큐멘터리 사진은 사회가 아닌 개인적이고 심리적인 진실을 추적하기 시작했다.

사진사적으로 볼 때 다이앤의 사진 세계는, 스승이었던 리젯 모델과 일생 동안 범죄 현장을 찾아다녔던 위지Weegee의 세계를 이어받았다고 할 수 있지만, 현장이 아닌 존재의 내면을 추구했다는 점에서 다이앤은 또 다른 새로운 다큐멘터리 사진의 세계로 넘어가는 이정표를 세웠다.

다이앤에 의해 사진은 현실의 재현이 아니라 우리들의 마음을 반영한, 고정되지 않은 하나의 이미지가 되었다. 금지된 세계에 대한 개인적인 호기심에서 출발했던 다이앤 아버스의 여정은 비록 그녀의 삶 자체가 고통스러운 것이었음에도 불구하고 대상과의 일정한 거리두기를 통해 예술적으로 승화되었다.

다이앤은 살아생전에 단 한 권의 사진집도 출간하지 못한 작가였다. 생전에 열렸던 세 차례의 전시회마저 모두 다른 작가들과 함께 공동 전시회의 형태로 열렸다. 그러나 스스로 생을 마감한 뒤 그녀는 하나의 전설이 되었고, 새로운 다큐멘터리의 세계로 넘어갈 수 있는 가교 역할을 했다. 그녀 이후의 많은 사진작가들이 다이앤 아버스의 영향을 받았지만 누구도 직접적으로 그녀를 모방할 수는 없었다. 그러나 그녀의 영향력은 체코 출신의 사진작가 얀 사우덱, 낸 골딘을 비롯한 수많은 사진가들에게 다양한 방식으로 나타나면서 여전히 우리를 곤혹스럽게 하고 있다.

서커스 공연장의 다이앤 아버스, 1957년경, Richard Knapp 사진

EUZHAN PALCY

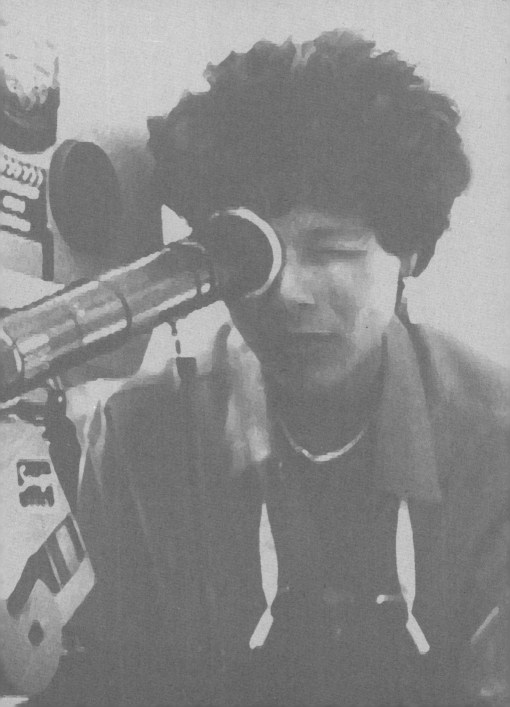

'흑인'과 '여성', 두 겹의 벽을 깬 영화감독

유잔 팔시

프랑스령 마르띠니끄, 1958~

팔시는 당시 미국 영화에 등장하는 흑인들이 왜 하나같이
바보 같거나 의지가 박약한 인물로 묘사되는지 이해할 수 없었고, 화가 많이 났다.
어린 나이였지만 팔시는 그런 영화를 바꿔야겠다고 생각했다.
그 즈음 어느 순간 이미 팔시는 영화감독의 꿈을 굳혔다.

"처음 영화를 시작했을 때,
영화계는 세 가지 편견의 시선으로 나를 바라봤다.
나는 어렸고, 흑인이었고, 여자였다.
이제는 어느 정도 명성을 얻었지만, 영화판에는 여전히
영화감독은 남자의 일이라는 선입견이 있다."
할리우드는 팔시의 또 다른 출발점인 동시에,
다른 한편 도달해야 하는 목표였다.

사실 팔시에게 '할리우드 최초의 흑인 여성 감독'
'데뷔작으로 영화제를 휩쓴 젊은 천재 감독' 같은
화려한 수식어들은 별 의미가 없다.
어린 시절, 흑인들에 대한 왜곡을 바꿔 보고자
영화를 시작했던 팔시는 다시 초심으로 돌아가
이제는 할리우드 극영화와는 완전히 결별한 듯 보인다.

팔시는 이야기한다.
"흑인에게 인종주의란 없다.
내가 태어난 마르띠니끄에서 나는 인종주의를 알지 못했다.
내 얼굴을 보라. 흑인, 백인, 아시아인의 특징들이 고스란히 섞여 있다.
그런데 내가 어떻게 인종주의자가 되겠는가?"
백인들의 이야기와는 달리, 흑인들 스스로는 자신의 역사를 얼마나 존중하며
그들의 역사에 대해 자긍심을 갖고 있는지 잘 나타내 주는 말이다.
이 말은 곧 팔시가 새로운 작품을 계속 만들어 나가는 이유이기도 하다.
팔시와 그녀의 작품은 그래서 지금도 전진 중이다.

영화를 꿈꾸는 소녀

유잔 팔시Euzhan Palcy는 1958년, 카리브 해의 작은 섬인 프랑스령 마르띠니끄에서 태어났다. 팔시의 아버지 레옹은 파인애플 농장의 노동자였고, 어머니 로말드는 마르띠니끄에서 가장 부유한 집안 가운데 하나에서 성장한 사람이었다. 이러한 집안의 차이 때문에 로말드의 집안에서는 둘의 결혼을 허락하지 않았고, 결국 팔시의 어머니는 가족의 연을 완전히 끊고서야 레옹과 결혼할 수 있었다. 당연히 생활이 넉넉할 리 없었다. 제2차 세계대전 뒤에야 완전히 프랑스의 해외 주가 된 작은 섬 마르띠니끄, 그곳의 평범한 노동자 집안 둘째 딸로서 팔시는 식민지 노동자의 고단한 삶을 직접 보고 느끼며 성장하였다.

그렇다고 팔시의 유년기가 암울하기만 하지는 않았다. 팔시의 부모는 넉넉하지 않은 형편에도 언제나 자식들에게 문화적이고 예술적인 환경을 만들어 주고자 애썼다. 아버지는 일을 끝내고 집에 돌아왔을 때 팔시가 자기가 쓴 시를 낭송하면 항상 진지하게 들어 주었다. 어머니가 읽으라고 주었던 마르띠니끄의 유명 작가 조제프 조벨의 전기 《검은 판잣집 길 Black Shack Alley》은 오랫동안 팔시에게 강한 영감을 주었다. 팔시의 첫 장편 극영화 《사탕수수 길 Sugar Cane Alley》은 바로 《검은 판잣집 길》을 각색한 영화였으니, 어릴 때 팔시가 이 책에 얼마나 감동을 받았는지 알 수 있다.

팔시가 열 살 때부터, 팔시의 부모는 일요일마다 미사가 끝나면 아이들을 데리고 영화를 보러 가고는 했다. 그때 볼 수 있었던 영화는 대부분 미국에서 건너온 흑백영화였다. 이때 팔시는 오손 웰즈, 알프레드 히치콕, 프리츠 랑 등 당대 유명 감독들의 세계와 만났다. 호기심도 많고 꿈도 많은 아이들에게 영화는 새롭고 놀라운 세계였다. 팔시도 다른 아이들처럼 처음에는 배우가 되고 싶은 생각이 들었지만, 이내 영화가 어떻게 만들어지는지 궁금해하기 시작했다.

팔시의 영화에 대한 꿈은 이때부터 시작되었다. 팔시는 당시 미국 영화에 등장하는 흑인들이 왜 하나같이 바보 같거나 의지가 박약한 인물로 묘사되는지 이해할 수 없었고, 화가 많이 났다: 어린 나이였지만 팔시는 그런 영화를 바꿔야겠다고 생각했다. 그 즈음 어느 순간 이미 팔시는 영화감독의 꿈을 굳혔다.

그녀의 이름 '유잔'은 '삶과 순수'라는 뜻의 그리스어에서 유래했다. 팔시의 부모는 둘째 딸에게 이렇게 문학적인 이름을 지어 주면서 멋진 작가라도 되기를 바랐을까? 팔시는 어릴 때부터 글쓰기와 음악에 재능을 보였고, 열두 살이 되자 벌써 연극 극본을 쓰기 시작했다. 팔시는 네 명이나 되는 남동생들과 언니까지 동원하여 일주일 동안 열심히 연습한 그들만의 연극을 매주 토요일 저녁 부모님 앞에서 선보였다. 가족 모두가 참여한 그들만의 '극 만들기'를 일찍부터 시작한 셈이다.

열네 살 때에는 한 걸음 더 나아가 그림자 연극을 시도하기도 했다. 종이를 오려 캐릭터들을 만들고 전등을 비추어 그림자 이미지를 움직이는 일종의 인형극이었다. 그때까지 형제들과 함께 만들었던 연극보다 좀 더 영화에 가까운 작업이었다.

팔시는 그렇게 점점 더 영화에 가까이 다가갔고, 열일곱 살 때 이미 마르띠니끄에서 인기 있는 미스터리 소설가로 잡지에 연재를 할 정도였다. 그리고 얼마 안 있어 섬의 유일한 방송국에 들어가 시나리오도 쓰고 감독도 하고, 필요하다면 연기까지 하는 다재다능한 인물이 되었다. 팔시가 최초로 시나리오를 쓰고 감독에 연기까지 참여한 드라마 《전령 La Messagère》(1975)도 바로 열여덟 살 때 완성한 것이다.

어린 시절 팔시가 영화감독이 되겠다고 말했을 때 아버지는 깜짝 놀랐다. 예전이라면 우주 비행사가 되겠다는 어린 딸을 바라보는 아버지 심정이 그러했으리라. 작은 식민지 섬의 흑인 여자 아이가 영화감독을 꿈꾼다는 일이 그렇게 만만한 일이 아님을 아버지는 잘 알고 있었으니까. 그렇지만 팔시의 아버지는 딸의 꿈을 반대하거나 막지 않았다. 팔시의 아버지는 오랜 농장 노동자 생활 끝에 그 농장의 인력 관리 감독이 되어 좀 여유를 갖게 되자, 서슴지 않고 팔시를 빠리로 보내기로 했다.

훗날 팔시는 자신이 영화를 통해 이룬 많은 성취의 밑바탕에는 아버지가 있다고 말하곤 했다. 식민지 치하에서 절망적인 삶을 살아온 의식 있는 부모들에게, 자식들이 더 나은 교육을 받고, 더 나은 삶을 살 수 있도록 도와주는 일은 희망을 넘어서서 의무감이었을지도 모른다. 또한 당시 프랑스는 제2차 세계대전 이후 식민지로 합병한 지역들이 정치적, 경제적으로 혼란스럽고 식량난 등에 시달리자, 그 불만을 잠재우기 위해 본토로 이주하도록 권장했다. 사실 팔시 역시 그러한 동화 정책 덕택에 좀 더 나은 교육을 받고 넓은 세상을 접할 기회를 얻을 수 있었다.

물론 프랑스로 떠나려는 팔시에게는 돈도, 영화 관련 학위도, 영화감독이 되는 데 도움이 될 만한 어떤 기반도 없었다. 하지만 팔시에게는 열정과 함께, 어려서부터 계속해 왔던 창작의 결과물들이 있었다. 잡지에 기고한 소설들, 방송국에서의 다양한 작업 경험들, 이미 완성했던 다섯 편의 시나리오들이 대학 입학 허가를 받아내는 데 일조했다.

그 무엇보다 팔시가 종종 마르띠니끄 최초의 남성 페미니스트라고 말하는 아버지는 든든한 지원군이었다. 소르본의 빠리 제4대학에 처음 지원서를 쓸 때도 "겁먹지 마라. 네가 최초고 최고다. 그들의 코를 납작하게 만들어 버릴 수 있어!"라고 했던 아버지의 격려가 큰 힘이 됐다. 마르띠니끄를 떠나 7천1백 킬로미터의 망망대해를 가로질러 프랑스로 향하는 팔시에게 두려움은 없었다.

●

빠리의 지붕 아래서 첫 번째 장편 극영화를 찍다

●

1975년 빠리에 도착한 팔시는 소르본의 빠리 제4대학에서 연극, 프랑스 문학, 고고학을 공부하고 유명한 루이스 뤼미에르 영화학교에서 영화 학위를 땄다. 루이스 뤼미에르 영화학교는 지금도 입학 경쟁률이 수백 대 일을 넘을 정도로 인기 있는 학교이지만, 마르띠니끄 방송국에서 만들었던 작품에 대한 평가 덕분에 팔시는 입학할 수 있었다. 팔시는 물 만난 고기처럼 열심히 공부하고 빠르게 영화를 배워 나갔다. 그렇게 영화학교를 졸업한 팔시는 친구들과 《악마의 워크샵 L'Atelier du diable》이라는 짧은 코미디 소품을 만들기도 했다. 팔시는 점점 소르본에서 백인과 흑인을 통틀어 유일한 여자 감독으로 사람들에게 알려지기 시작했다.

하지만 프랑스에서 고작 졸업 작품 하나밖에 만들지 않은 팔시가 정식으로 극영화를 만들기는 쉽지 않았다. 그때 팔시는 당시 프랑스에서 저예산 독립영화를 지원하는 제도가 있다는 이야기를 듣게 되었다. 매년 2백 편 이상 지원하는 시나리오 가운데 2~3개만이 정부의 이 지원금을 받을 수 있었다. 그런데 한 가지 난관이 있었다. 이 지원금을 관리하는 문화부는 통상 데뷔작을 지원하는 성격상 영화의 완성을 보증하는 '기술적인 조력자'가 반드시 있어야 한다고 했다. 그때 기꺼이 팔시의 조력자가 되어 준 사람은 바로 프랑수아 트뤼포 감독이었다. 장 뤽 고다르와 더불어 프랑스의 새로운 영화 운동 '누벨바그'를 이끌어 전 세계적인 명성을 얻고 있던 프랑수아 트뤼포 감독이 어떻게 마르띠니끄라는 작은 섬에서 올라온 젊은 흑인 여성의 조력자가 될 수 있었을까?

팔시의 룸메이트가 프랑수아 트뤼포의 딸을 소개해 주면서 팔시와 트뤼포의 운명적 만남은 시작되었다. 트뤼포 감독은 단지 딸에게 전달받은 시나리오 한 편을 읽었을 뿐이지만, 기꺼이 팔시의 지원자가 되었다. 그 시나리오가 바로 팔시의 다섯 번째 시나리오이자 첫 장편 극영화인 《사탕수수 길》이었다. 유잔에게 돌아온 시나리오에는 꼼꼼하게 주석이 달려 있었고 그것들을 수정하면서 유잔과 트뤼포의 만남은 계속되었다. 팔시의 시나리오를 읽고 가능성을 발견한 트뤼포는 기꺼이 '조력자'로서 자기 이름을 빌려 주었다.

뿐만 아니라 트뤼포는 팔시가 첫 영화를 만드는 전 과정에 걸쳐 결정적인 조언들과 충고를 아끼지 않았다. 마르띠니끄에서 《사탕수수 길》 첫 촬영을 하던 날 트뤼포는 '바다를 건너 신의 가호가 있기를'이라며 전보를 보냈고, 영화가 완성되어 돌아왔을 때에는 편집 과정에서도 많은 도움을 주었다. 어린 감독 팔시는 정부지원금을 받아, 트뤼포의 전폭적인 지지 아래 자신의 첫 장편 극영화인 《사탕수수 길》을 1983년 세상에 선보였다.

《사탕수수 길》은 1930년대 마르띠니끄의 가난한 사탕수수 농장에서 일하는 가족을 배경으로 그들의 사랑과 희생을 그려 낸 영화로, 마르띠니끄 역사상 최초의 영화로 기록되기도 했다. 《사탕수수 길》은 어린 시절 유잔에게 커다란 자극을 주었던 조제프 조벨의 《검은 판잣집 길》에 대한 헌사이자, 마르띠니끄에서 보낸 자신

첫 장편 극영화 《사탕수수 길》의 포스터

의 유년에 대한 진지한 회고이다. 또한 영화 속에는 팔시가 어릴 때 부터 계속 품어 왔던 근원적인 문제의식이 그대로 살아 있다.

영화 속 똘똘한 열한 살짜리 꼬마가 세상을 보는 시선은 팔시의 시선이었으며, 배경이 되는 척박한 환경의 사탕수수 농장은 팔시의 아버지가 일하던 파인애플 농장이었다. 고아가 된 손자를 가난과 황폐한 현실에서 벗어나게 하고자 애쓰는 영화 속 할머니의 모습은 팔시가 고향 사람들에게서 보았던 착한 마음과 가족애를 그대로 드 러내고 있다. 유잔에게 《사탕수수 길》은 데뷔작이라는 의미보다는 어쩌면 꼭 거쳐야만 했던 젊은 날의 통과의례라는 의미가 더 컸을 지도 모른다. 따뜻한 단색 톤의 화면에 등장하는 작은 그늘과 햇살 의 깊이에는 고향의 자연과 사람들에 대한 팔시의 애정이 가득 담겨 있었다.

"마르띠니끄의 사람들이라면 누구나 존경을 표하는 《검은 판잣
집 길》을 영화로 만들어 내는 일은 내 인생에 매우 커다란 사건이
었다. 조제프 조벨의 이야기는 곧 우리 모두의 이야기였고, 어린 시
절 나에게는 성경과도 같았다."

1930년대의 이야기면서 동시에 당대에도 지속되는 문제를 다룬
《사탕수수 길》은 서구의 관객들에게 충격으로 다가갔다. 《사탕수수
길》은 열한 살짜리 소년의 눈을 통해 당대의 가난과 비참한 현실을
대담하고 직설적으로 표현했다는 평론가들의 지지와 함께, 베니스
영화제 은사자상과 세자르 영화제 최우수 작품상도 수상하면서 놀
라운 성공을 거두었다. 이렇게 팔시는 빠리를 넘어 세상에 자신의
이름을 널리 알리게 되었다.

작은 섬에서 흑백영화를 보면서 영화감독을 꿈꾸던 소녀는, 《사
탕수수 길》이라는 영화 한 편으로 정말로 순식간에 전 세계가 주목
하는 감독이 되었다. 그러나 단번에 여러 개의 영화상을 거머쥔 한
편의 영화가 팔시의 종착점은 아니었다. 팔시에게는 아직도 하고
싶은 이야기들이 많이 남아 있었다. 성공적인 데뷔작을 끝낸 팔시
는 어느새 또 다른 전인미답의 세계를 향해 날아가고 있었다. 바로
할리우드였다.

할리우드에서 보낸 백색의 계절

1984년 팔시는 미국의 유명 배우이자 제작자, 감독인 로버트 레드포드가 주관하는 선댄스 영화제에 초대되었다. 10여 명의 지원자들 가운데 선택되어 선댄스에 도착했을 때 팔시는 이미 다음에 영화를 만들 때 각색하고 싶었던 한 권의 소설과 그를 위한 계획을 가지고 있었다. 또한 《사탕수수 길》의 성공 덕에 워너브라더스를 비롯한 몇몇 할리우드 영화사의 초대장도 가지고 있었다. 그러나 반인종주의를 다루려 하고, 그것도 아직 원작 소설과 계획만 있는 영화에 선뜻 나서 제작을 맡아 줄 곳은 프랑스에도 미국에도 없었다.

하지만 선댄스 영화제에서 팔시를 눈여겨보았던 레드포드는 주저하는 유잔을 비행기에 밀어 넣다시피 하여 할리우드로 보냈다. 그리고 워너브라더스와 연락하여 일주일 동안의 미팅 일정들까지 직접 짜 주며, 가서 토론해 보고 거절되더라도 실망하거나 스스로 포기하지 말고 부딪쳐 보라고 조언해 주었다. 레드포드의 적극적인 제안과 강권에 가까운 지원은 팔시에게 큰 용기를 주었다.

드디어 팔시는 할리우드에 입성했다. 미국 사회, 할리우드는 '아메리칸 드림'으로 대표되는 기회의 땅이기도 하지만, 한편으로는 유잔 팔시의 고향 마르띠니끄 Department of Martinique는 프랑스에서 약 7천1백 킬로미터 떨어진 동부 카리브 해, 소小앤틸리스 제도에 있는, 1천1백28제곱킬로미 터 면적에 40여만 명의 사람이 살고 있는 작은 섬이다. 16세기 콜럼버스에 의해 처음 유럽인들에게 알려졌고 이후 19세기까지 유럽 열강들의 전쟁 속에서 프랑 스와 영국에 의해 점령당하기를 반복했다. 1848년에는 노예제도가 폐지되면서 7 만4천여 명의 노예가 해방되었다. 제2차 세계대전 이후 프랑스에 편입되어 1946 년부터는 행정적으로 프랑스령 마르띠니끄 주가 되었다.

마르띠니끄는 1950~80년대에 계속 높은 실업률, 저개발, 과잉 인구 등의 문제로 어려움을 겪었다. 그에 따른 사회적 병폐를 완화시키기 위해 프랑스 정부는 섬 주 민들의 프랑스 이주를 장려했다. 팔시가 공부를 하러 빠리로 갔던 그때 상황이다. 1970년대에는 많은 파업과 시위가 있었고, 민족자결과 독립을 주장하는 사람들 이 늘어났다. 그러나 프랑스에 대한 의존도가 뿌리 깊은 상태에서 마르띠니끄의 독립은 실패했다.

마르띠니끄는 1980년대 이후 농업과 관광산업 등이 자리를 잡으면서 카리브 해 에서 경제적으로 가장 안정된 지역이 되었다. 바나나와 파인애플, 그리고 럼주 제 조에 사용되는 사탕수수 등이 주요 농작물로, 수출에 기여하고 있다. 또한 아름 다운 풍경으로 각광받는 관광 휴양지로 떠오르면서 카리브 해 크루즈의 주요 기 항지가 되고 있다. 또한 취학률 1백 퍼센트에 달하는 마르띠니끄의 교육열은 유명 하며, 초·중등교육 체계는 카리브 해에서 가장 잘 되어 있다는 평가를 받는다. 프 랑스 국영방송 1개와 다수의 일간 신문들이 있으며, 언론의 자유는 잘 보장된 편 이다.

19세기 이래 마르띠니끄의 문학은 백인 문학, 이국 취향의 크레올(본래 유럽인의 자손으로 식민지 지역에서 태어난 사람을 부르는 말이었으나, 오늘날에는 보통 유럽계와 현지인의 혼혈을 부르는 말로 쓰인다.) 문학, 혹은 흑인 동화주의에 근거한 문학들이 주도했다. 노예제 폐지 이전에는 백인과 물라토mulatto, 스페인계 백인과 아프리카계 흑인의 혼혈의 특권적 문화와 지배 계층의 이익에 부합하는 인종차별이 심했다. 그런데 1848년 노예제 폐지와 함께 변화가 시작되었다. 노예에서 노동자 신분으로 변한 유색 원주민들이 점차 스스로의 정체성을 자각해 나가기 시작했다. 19세기 후반부터는 일반적인 공교육이 활성화되면서 이러한 경향은 식민지의 그림자를 극복하고자 하는 노력으로 나타났다. 그러나 이러한 경향들은 프랑스와의 완전한 동화주의나 크레올 문학이라는 왜곡된 형태로 나타났다.

실제적인 변화는 20세기 초 흑인 지식인 계층 중심의 네그리뛰드Negritude 운동이 일어나면서 나타났다. 흑인의 혈통적 근원과 그 문화적 자부심에 대한 열망이 가시적으로 표출되기 시작했고, 백인, 유럽 문화에 대한 열등감과 추종-동화주의 사이에 갈등 양상이 본격적으로 나타났다. 하지만 오랜 프랑스 식민 통치의 결과 프랑스어로 말하고 프랑스 국적을 지닌 흑인의 존재와 정체성은 유럽인도 아프리카인도 아닌 애매한 상태였다. 그러기에 '백인의 정체성을 부정하는 단계'를 넘어 마르띠니끄만의 문화적 정체성을 확보하기는 쉽지 않았다. 이렇듯 인종차별과 식민 지배의 정치적 패러다임에서 벗어난 지 1백 년이 흘렀지만, 흑백, 유럽과 카리브 해 지역 문화들이 혼재돼 있고, 그 가운데 어떻게 정체성을 확보할지는 여전히 마르띠니끄의 문화적 과제로 남아 있다.

《사탕수수 길》은 열한 살짜리 소년의 눈을 통해
당대의 가난과 비참한 현실을 대담하고
직설적으로 표현했다는 평론가들의 지지와 함께,
베니스 영화제 은사자상과 세자르 영화제
최우수 작품상도 수상하면서 놀라운 성공을 거두었다.

《사탕수수 길》의 한 장면

편견과 차별로 곪을 대로 곪은 사회였다. 어렸을 때 미국 영화가 흑인들을 그리는 방식에 느꼈던 분노는 여전히 사그라질 수 없었다. 팔시는 《뉴욕 타임즈》와의 인터뷰에서 영화판의 편견에 대해 다음과 같이 이야기하기도 했다.

"처음 영화를 시작했을 때, 영화계는 세 가지 편견의 시선으로 나를 바라봤다. 나는 어렸고, 흑인이었고, 여자였다. 이제는 어느 정도 명성을 얻었지만, 영화판에는 여전히 영화감독은 남자의 일이라는 선입견이 있다."

할리우드는 팔시의 또 다른 출발점인 동시에, 다른 한편 도달해야 하는 목표였다.

"돈이 있는 사람들은 아무도 남아프리카 흑인들에 대한 이야기에 관심이 없었다. 그나마 흑인에 대한 영화에 투자할 만한 사람들은 그것이 코미디이거나 빌 코스비, 마이클 잭슨, 프린스, 에디 머피 같은 스타들이 등장하지 않으면 쳐다보려 하지도 않았다. 이 영화를 만드는 일은 불가능해 보였다."

팔시는 자신의 두 번째 작품을 남아프리카공화국의 흑인들 이야기로 시작하고자 했다. 앙드레 브링크가 1979년 발표한 《백색의 계절A Dry White Season》이라는 소설이었다. 빠리에서 처음 이 책을 읽었을 때 팔시는 "당신이나 나나 모두 눈이 멀어 버렸어. 제발 눈을 떠서 무슨 일이 일어나고 있는지 보란 말이야!"라는 외침을 들은 듯

했다. 1976년, 실제로 남아공에서 일어난 '소웨토 봉기'를 배경으로 한 이 소설은, 악명 높은 남아공의 인종차별 정책인 아파르트헤이트 아래서 철저히 파괴되는 두 가족을 다루고 있었다.

당시 소웨토에서 흑인 학생들은 제국주의적이고 인종주의적인 학교교육에 항의하고 있었는데, 경찰은 이들을 향해 무차별 발포하여 수많은 아이들이 쓰러져 죽어 갔다. 이러한 남아공에서 비교적 평화롭게 살아가던 백인 교사 가족과 흑인 정원사 가족을 중심으로 이야기는 진행된다. 정원사의 아들이 경찰들의 고문에 의해 죽고 은폐와 폭력이 난무하는 상황에서 백인 교사는 딜레마에 빠지게 된다. 그리고 이어지는 법정 싸움……. 결국 진실을 택하고자 하는 백인 주인공은 가족과 백인 사회로부터도 버림받아야 할 운명에 처하는데, 이는 남아공 사회에서 일상적으로 생명과 사랑마저 위협받는 고통스러운 현실을 냉정하게 보여 주고 있었다.

팔시는 자신이 살아오면서 경험으로 알고 있었던 모든 종류의 억압이 이 소설 안에 집약되어 있음을 발견했다. 소설은 사회구조적인 폭력 속에서 붕괴되어 가는 두 가족을 통해 남아공의 반인권적이고 비인간적인 현실을 고발하고 있었다. 팔시는 이 소설을 영화화함으로써 관객들이 남아프리카 흑인들의 고통과 분노를 함께 느끼기를 바랐다. 또한 인종차별이 단순히 흑인에 대한 탄압과 폭력일 뿐 아니라, 인간의 존엄과 진실 자체를 붕괴시키는 비문명적인

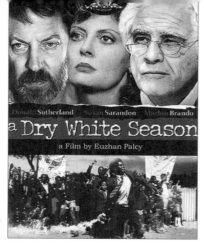

할리우드에서 힘든 싸움 끝에 만든
《백색의 계절》의 포스터

행위임을 알게 되기를 바랐다.

하지만 팔시가 언젠가 "빠리에서 영화를 만드는 일은 예술이고
문화였지만, 할리우드에서는 비즈니스였다."라고 고백했듯이, 할
리우드에서 그러한 영화를 만드는 일은 쉽지 않았다. 그러나 다행
히 워너브라더스의 제작자 폴라 와인스타인이 조력자가 되어 길을
열어 주었다.

어렵게 할리우드에 도착한 팔시가 처음 만난 제작자가 바로 와인
스타인이었다. 워너브라더스는 일찌감치 팔시에게 관심을 갖고 초
대장을 보낸 제작사 가운데 하나였다. 하지만 그 초대장이 《백색의
계절》이라는 논쟁적 소재의 영화에 대한 관심을 뜻하지는 않았다.
와인스타인은 이미 말콤X를 소재로 한 이야기를 비롯하여 몇 가지
영화를 준비하고 있었고 팔시에게 감독을 제안했다. 하지만 그 계
획들은 백인이 주인공이었거나, 흑인을 소재로 하더라도 백인의 시

팔시는 이 소설을 영화화함으로써
관객들이 남아프리카 흑인들의
고통과 분노를 함께 느끼기를 바랐다.
또한 인종차별이 흑인에 대한 탄압과 폭력일 뿐 아니라,
인간의 존엄과 진실 자체를 붕괴시키는
비문명적인 행위임을 알게 되기를 바랐다.

《백색의 계절》의 한 장면

선으로 이야기를 풀어 가고 있었기에 팔시는 받아들일 수 없었다.

결국 팔시는 와인스타인에게 《백색의 계절》을 읽어 보라고 하고 서는 자신의 계획을 설명했다. 와인스타인이 아무리 팔시의 재능을 알아보고, 호의적이었다고 해도 결국 그 역시 제작자였다. 하지만 팔시와 와인스타인은 서로의 의견을 진지하게 경청하면서 며칠 동안 머리를 맞대고 토론을 계속했다. 결국 팔시와 와인스타인은 소설과 달리 영화에서는 미스터리 측면을 보강하고, 백인 교사 가족보다 흑인 정원사 가족에 초점을 맞추자면서 핵심적인 사항에 대해 합의했다. 그렇게 둘은 《백색의 계절》을 영화화하기로 결정했다.

사실 고난은 그때부터 시작되었다. 할리우드라는 비즈니스 세계는 캐스팅 단계에서부터 사사건건 팔시를 간섭하려 들었다. 결국 막판에 가서는 백인 교사를 주인공으로 할 수밖에 없었지만, 팔시는 현지의 흑인 연기자들을 기용해야 한다는 원칙만큼은 끝까지 고집했고, 와인스타인과 제작사 역시 오랜 논의 끝에 팔시의 의견을 따를 수밖에 없었다.

와인스타인은 팔시와 곳곳에서 부딪치기도 했지만, 그래도 비정한 할리우드 세계에서 팔시에게는 가장 든든한 지원군이었다. 특히 와인스타인은 키퍼 서덜랜드와 수잔 서랜던, 말론 브랜도 등 거물급 할리우드 스타들을 캐스팅하는 데 결정적인 역할을 했다. 말론 브랜도는 당시 은퇴한 상태에 가까웠는데, 이 영화를 통해 거의 십

년 만에 스크린에 모습을 드러내 화제가 되기도 했다. 이 거물급 배우들 모두 영화의 정치적인 성격에 대해서 잘 알고 있었지만, 팔시와 와인스타인의 열정과 진심을 믿고 흔쾌히 참여했다.

실제 제작에 들어가서도 험난한 가시밭길은 계속되었다. 팔시가 직접 남아공 배우들을 섭외하기 위해 현지를 방문하려 했지만, 남아공 정부는 그녀에게 비자를 내주지 않았다. 남아공 정부는 팔시가 영화를 통해 인종차별 정책에 저항하고 그 폭력성을 세상에 알리려고 한다는 사실을 알고는 바짝 긴장해서 영화 제작에까지 영향력을 행사하려 했다. 결국 와인스타인이 몰래 입국해 오디션을 보고 사진을 찍어 와서 배우를 골라야 하는 상황까지 벌어졌다.

남아공 대신 택한 촬영지인 짐바브웨에서 촬영할 때에도 남아공 정부의 끊임없는 방해와 감시에 시달려야 했다. 결국 남아공 배우들은 영국으로 출국한 뒤, 다시 짐바브웨로 우회 입국해야 했다. 또한 짐바브웨의 세트장에 기자들조차 접근할 수 없도록 완전히 통제한 뒤에야 촬영을 했을 정도로 보안 문제가 심각했다. 영화가 겪은 난항은 그뿐만이 아니었다. 촬영을 시작한 뒤에도 제작사가 몇 번이나 바뀌어, 촬영 시작 때 제작사는 워너브라더스였지만 마무리는 MGM에서 해야 했다. 결국 영화를 완성하기까지는 5년이 넘게 걸렸고 1989년에야 개봉할 수 있었다.

편견과의 즐거운 싸움

 이 긴 제작 과정에서 투자 문제는 가장 큰 걸림돌이었다. 제작자들에게 팔시는 간신히 정부지원금으로 데뷔작을 완성한 서른 살도 채 되지 않은 흑인 여자 감독일 뿐이었다.

 선댄스 영화제라는 독립영화 판을 통해 할리우드에 갓 들어온 햇병아리에게 흔쾌히 돈을 내줄 제작사를 찾기는 그리 쉬운 일이 아니었다. 아프리카 흑인의 이야기에 정치적인 문제를 다루고 있는 심각한 영화가 미국에서 수익을 보장해 줄 리 만무했으니까. 결국 제작사에서 제안하는 제작비의 규모도 상대적으로 작을 수밖에 없었다. 영화 내적인 문제가 아니라 외부에서 오는 압박은 창작자에게 때로는 매우 치명적일 수도 있다.

 그러나 팔시는 좌절하거나 포기하기는커녕 더욱 적극적으로 영화의 정치적 의미와 가치를 지키는 데 골몰했다. 팔시는 자신의 영화를 설명하고 논쟁하는 데 두려움이 없었다. 지치지도 않았다. 왜 많은 비용을 들여 아프리카 배우가 캐스팅되어야 하는지를 제작자와 다른 배우들에게 설득하기 위해서라면 며칠이 걸려도 상관없었다. 흑인들의 삶에 대해 배우들에게 이해시키기 위해서라면 밤을

남아공의 인종차별 정책

아파르트헤이트 Apartheid는 '분리'라는 뜻으로, 남아공의 소수 백인과 다수 유색 인종의 관계를 지배했던 인종차별 정책이다. 남아프리카에서는 오랫동안 약 16%의 백인이 84%의 비백인非白人을 정치적·경제적·사회적으로 차별해 왔다. 백인 우월주의에 근거한 이 인종차별은 17세기 중엽에 백인의 이주와 더불어 점차 제도로서 확립되었다. 법이 인정하는 인종분리 정책은 1948년 이전에도 남아프리카공화국에서 널리 시행되었지만, 1948년 네덜란드계 백인인 아프리카너를 기반으로 하는 국민당의 단독정부 수립 후 더욱 확충·강화되어 '아파르트헤이트'로 불리게 되었다.

1950년 제정된 '집단 지역법'은 도시에 각 인종의 거주 구역과 업무 구역을 따로 설정했고, 정부는 이미 존재하는 '신분증 소지법'(신분증을 반드시 소지해야 한다는 법률)을 더욱 강화했다. 그 밖에도 인종들 사이의 거의 모든 사회적 접촉을 금지하고 인종에 따른 공공시설의 분리를 정당화했으며, 별도의 교육 기준을 설정하고 인종에 따라 특정 직업을 갖는 데 제한을 두었다. 1951년 제정된 반투 정부법에 따라 정부는 아프리카 흑인을 다스릴 부족 기구를 재건했고, 1959년의 반투(남아공의 아프리카 흑인) 자치 촉진법은 10개의 아프리카 흑인 거주 구역을 설정했다. 1960년대부터 흔히 '분리 발전 정책'이라고 부르게 된 아파르트헤이트는 국민

1994년 총선거 전, 남아공 경찰이 줄루족 남자를 연행하는 모습

을 반투와 유색인(혼혈 인종) 및 백인으로 구분하는 1950년의 인종 등록법에서 시작되었다. 1970년에 제정된 반투 거주 구역 시민권법은 모든 아프리카 흑인을 실제 거주 구역에 관계없이 흑인 거주 구역의 시민으로 규정함으로써 남아프리카 공화국 시민에서 모든 흑인을 배제했다.

하지만 남아공의 경제는 유색 인종의 노동력에 의존하고 있기 때문에, 정부는 이 분리 발전 정책을 시행하기가 어려웠으며 국내에서도 아파르트헤이트에 대한 반대가 끊이지 않았다. 아프리카 흑인 단체들은 일부 백인의 지원을 받아 시위와 파업을 벌였고, 폭동과 파괴 활동도 수없이 일어났다. 아프리카 흑인 학생들에게 남아공 백인들의 공용어인 아프리칸스어를 필수적으로 배우도록 강요하려는 시도는 결국 1976년에 소웨토 폭동을 유발했다.

1985년에는 영국과 미국이 남아공에 대한 선택적 제재 조치를 단행했다. 이러한 국내외적 압력 속에서 1990~91년 클레르크 대통령은 아파르트헤이트의 근간을 이루는 법률들을 대부분 폐지하고 정책을 전환해 갔으나 인종분리는 여전히 남아프리카 사회에 구조적으로 굳게 자리 잡고 있었다. 그러나 1993년의 신헌법으로 흑인과 기타 인종 집단에 참정권이 부여되고, 1994년 다인종 총선거에서 아프리카민족회의의 의장인 넬슨 만델라가 대통령에 당선됨에 따라 남아프리카에서는 최초의 흑인 정권이 탄생했으며, 이로써 적어도 법률상으로는 아파르트헤이트에 종지부를 찍게 되었다.

넬슨 만델라 전 남아공 대통령

새워서라도 토론하였다. 자기 삶의 경험에서 우러난 팔시의 설득은
힘이 있었다.

이러한 팔시의 열정은 제작비 문제를 해결하는 데 도움이 되기도
했다. 물론 브랜도를 비롯한 주연급 배우들은 팔시의 진심과 열정,
영화적 의의에 동의하고, 열악한 제작 현실을 인정하여 기꺼이 최
저 수준의 출연료를 받았다. 키퍼 서덜랜드는 한 인터뷰에서 "정말
과감하게 줄였다."라고 솔직하게 말해 화제가 됐을 정도였다.

5년 동안 단 한 편의 영화에 매달린 팔시의 집중력과 끈기는 천
성이라고 할 수 있다. 어린 시절 언니, 동생들과 함께 토요일마다
연극할 때부터 팔시의 집중력은 남달랐다. 그저 식사 뒤에 부모님
앞에서 보여 드릴 짧은 연극 하나일 뿐이었지만, 팔시는 완성을 위
해서 일주일 동안 열 번이고 스무 번이고 연습을 했다. 어린 나이였
지만 팔시는 매우 엄격했으며, 완성도에 대한 집착도 강했다. 얼마
나 열심히 리허설을 시켰는지, 동생들은 매번 조용히 손을 들고 "유
잔! 화장실에 갔다 와도 돼?"라고 조심스럽게 묻고는 했다고 팔시
는 회상한다. 열 살짜리 소녀가 형제들과 만드는 가족 연극에 쏟은
열정과 집중력이라고는 믿을 수 없을 정도였다. 팔시의 이러한 성
격은 성장한 뒤에도 변함이 없었다. 작업에 대한 강한 집중력과 원
하는 지점까지 끌고 가는 끈기에는 모두들 혀를 내두를 정도였다.

《백색의 계절》을 만드는 5년 동안 온갖 문제들로 휘청거리고 힘

1976년 소웨토 봉기 때 경찰의 총에 맞아 죽은 헥토르 피터슨을 기리는 기념관

"가끔 사람들은 나에게 다가와서는
'멋있다', '대단하다', '영화가 훌륭하다',
'사랑해요'라고 칭찬하고는 한다.
그러나 나에게 최고의 칭찬은
'당신의 작품을 보고 내가 변했어요.'라는 말이다."

겨울 때도 있었지만, 팔시는 한 번도 포기하거나 처음 세웠던 목표
에서 슬쩍 물러서거나 하지 않았다. 결국 영화는 완성되었다.

서른 살도 채 안 된 팔시가 말론 브랜도 같은 대배우를 캐스팅한
다고 했을 때 대부분 사람들은, 말론 브랜도가 특유의 카리스마로
영화를 장악하려 들 테고 영화가 그의 손에 휘둘리게 되리라 걱정
하며 말렸다. 하지만 말론 브랜도의 깊이 있는 연기가 영화에 필수
라고 생각한 팔시에게 그 정도는 문제가 되지 않았다. 실제로도 아
무런 잡음 없이 만족할 만한 성과를 거두었다. 결국 말론 브랜도는
이 영화로 아카데미영화제 조연상 후보에 오르고, 동경영화제에서
는 남우조연상을 수상했다. 팔시의 역량과 집념을 확인할 수 있는
일이었다.

이 영화를 본 많은 관객들은 남아공의 반인권적이고 야만적인 폭
력에 대해 눈뜨고 분노했다. 마침 비슷한 시기에 리처드 아텐보로
감독의《자유의 절규 Cry Freedom》같은 영화도 나와 남아공의 폭압적
현실을 고발했고, 넬슨 만델라를 비롯한 남아공 흑인들의 인권에
대해 전 세계적인 관심을 촉구하는 계기가 되었다. 또한《백색의 계
절》은 직설적인 정치 메시지를 드러내기보다는 인간적인 갈등을 잘
녹여 오히려 관객들에게 설득력 있게 다가갔다.

제2의 고향, 빠리

하지만 정작 팔시는 이 영화 이후 텔레비전을 켜지 못할 정도로 황폐해져 갔다. 영화에 지나치게 몰입한 나머지 텔레비전에 등장하는 흑인들의 모습을 도저히 볼 수 없을 정도로 감정적으로 민감해져 버렸던 탓이다. 그들의 얼굴만 보아도 흑인들이 처한 참혹하고 안타까운 현실이 떠올라 견딜 수가 없었다. 그만큼 팔시는 이 영화에 엄청난 집중력과 에너지를 쏟아부었고, 그렇게 얻은 성취감만큼이나 큰 후유증이 남게 되었다.

"가끔 사람들은 나에게 다가와서는 '멋있다', '대단하다', '영화가 훌륭하다', '사랑해요'라고 칭찬하고는 한다. 그러나 나에게 최고의 칭찬은 '당신의 작품을 보고 내가 변했어요.'라는 말이다."

이렇게 팔시는 자신의 영화가 매우 정치적인 발언임을 굳이 부정하지 않는다. 사람들을 계몽하고자 영화를 만들었다는 사실을 숨기지도 않는다. 《백색의 계절》 이후 쏟아지는 부담스러운 관심 속에서도 팔시는 영화를 통해 정치적인 발언을 하는 일을 멈출 생각이 없었다. 그러나 팔시는 사람들이 자기에게 단순히 '정치적인 영화 감독'이라는 딱지를 붙이는 일은 경계했다. 정치적인 영화감독이라는 말은 지독하게 극단적인 영화만을 만드는 사람이라는 선입견이 강하기 때문이었다. 특히 미국은 이런 경향이 심각했다.

사실 팔시에게 '할리우드 최초의 흑인 여성 감독', '데뷔작으로 영화제를 휩쓴 젊은 천재 감독' 같은 화려한 수식어들은 별 의미가 없다. 어린 시절 강렬하게 느꼈던, 왜곡된 인종적 편견으로 가득한 스크린에 대한 분노 때문에 영화감독이 되고자 했던 팔시는 어느새 초심으로 돌아가 있었다. 팔시는 자신의 영화적 열망과 의지를 가장 잘 풀어낼 수 있는 환경을 만드는 일이 무엇보다 중요함을 다시금 깨닫게 되었다.

팔시는 비록 규모도 더 작고 덜 유명했지만 훨씬 더 행복했던 빠리에서 영화 만들던 때를 떠올렸다. 다시 빠리로 돌아가기로 결심했다. 할리우드의 시스템 안에서는 더 이상 팔시가 알고 있는 억압받고 차별받는 사람들 — 나이 때문이든, 성적인 편견 때문이든, 인종적 차이 때문이든 — 의 이야기를 영화로 만들기 힘들다는 사실을 깨달았기 때문이다. 그렇다고 팔시가 영화 자체에 실망하거나, 스스로에게 절망하지는 않았다. 자신이 하고 싶은 작업의 방식을 좀 더 정교하게 만들어 나가는 과정일 뿐이었다.

그렇게 몸과 마음이 지쳐서 돌아간 빠리는 팔시에게 제2의 고향과 마찬가지였다. 어린 소녀가 고향을 떠나 처음 빠리에 왔을 때, 이 오래된 문화의 도시는 팔시에게 수많은 기회를 열어 주었고 힘

팔시의 영원한 멘토이며 스승인 프랑수아 트뤼포

을 주었다. 영화 클럽들을 돌아다니다가 오스만 셈벤과 같은 아프리카 감독이 만드는 영화를 발견하고, 아프리카 흑인들의 삶과 문화적 현실이 자기가 알고 있는 고향과 다르지 않음을 깨닫게 해 준 곳이 바로 빠리였다. 《백색의 계절》의 원작을 처음 만난 곳도, 팔시의 영원한 멘토이며 스승인 트뤼포를 만난 곳도 빠리였다. 빠리는 팔시에게 무엇인가를 계속 외쳐 댔고 수많은 문화적 자극들로 흘러 넘쳤다.

트뤼포와 같은 감독이 아직 데뷔작도 없는 학생에 불과했던 팔시의 재능을 알아보고, 전혀 상업적이지 않지만 좋은 영화 소재를 믿어 줄 수 있는 곳. 그렇게 문화적 영감과 자유로 가득 찬 빠리는 팔시에게 제2의 고향이나 다름없었다. 그곳 빠리로, 팔시는 망명자처럼 돌아왔다.

다양한 작업들

    빠리로 돌아온 팔시는 프랑스 텔레비전에서 다큐멘터리《에메 세제르 : 역사를 위한 목소리 Aimé Césaire : A Voice for History》를 완성하였다. 마르띠니끄 출신의 시인이자 정치가이며 문학 운동가인 에메 세제르는, 1930~50년대에 빠리에 살던 프랑스어권 아프리카와 카리브 해 출신의 작가들이 프랑스의 식민 통치와 동화 정책에 저항하여 흑인의 문화적 정체성 회복을 주창했던 '네그리뛰드' 운동의 리더 가운데 한 명이었다. 프랑스에서 교육받고 프랑스에서 오랫동안 활동하면서도 지속적인 반식민주의 운동과 제국주의 동화 정책에 대한 거부 운동을 주도했던 에메 세자르는 팔시에게 정치적 스승과 같은 존재였다. 초심을 되새기며 빠리로 돌아온 팔시가 에메 세자르에 대한 다큐멘터리를 선택한 것은 어쩌면 당연한 일이었을지도 모른다.

    빠리에서 팔시의 작업은 다양한 범위와 장르로 확대되었다.《에메 세제르》를 만들기 전에, 빠리에 돌아와서 처음 만든《사이먼 Simeon》은 마르띠니끄의 한 소녀가, 꿈을 이루지 못하고 알코올 중독으로 죽은 사이먼이라는 음악가의 유령을 만나면서 시작되는 아름다운 음악영화였다. 팔시는 이 영화에서 레게나 쿠바 음악을 떠올리게 하는 마르띠니끄의 전통음악을 소개하고 이전과 다른 스타일을 선보였다. 이 텔레비전용 영화에서 팔시는 제작까지 맡았다. 이 밖에도 액션 애니메이션을 기획하기도 하고, 제2차 세계대전을 배경으로 한 러브스토리 《세 번째 여인The Third Lady》을 준비하기도 했다. 이렇듯 팔시는 단순히 정치적인 주제에 국한된 작품만을 고집하지 않았다. 또한 작가나 감독, 제작자 활동도 구분하지 않고 자유롭게 자신의 이야기를 풀어냈다.

언제인가 팔시는 할리우드 극영화 제작 시스템의 한계를 지적하면서 "나는 지금도 최초의 흑인 여성 비행사 베시 콜먼의 이야기에 관심을 가지고 있다. 하지만 이 프로젝트는 성사되기 힘들 듯하다. 그나마 《백색의 계절》 같은 경우 백인이 주인공이었기 때문에 만들 수 있었다. 그들은 여전히 나에게 백인들에게 팔 수 있는 어떤 것을 만들기를 원한다."라고 말하기도 했다.

이렇듯 '백인들에게 팔 수 있는 어떤 것'이 아니라, 자신의 고민을 담은 이야기를 하기 위해 빠리로 돌아온 팔시는 점점 상대적으로 자유로운 텔레비전 쪽에서 자신의 작품 영역을 넓혀 나갔다. 팔시에게 텔레비전은 이미 열일곱 살 때부터 일해 왔던 익숙한 공간이고 시스템이기도 했다.

1998년에는 디즈니와 함께 텔레비전 영화 《루비 브리지스Ruby

Bridges》를 만들었다. 사실 팔시가 빠리로 돌아온 뒤에도 미국의 영화사들의 제안은 꾸준히 계속되었다. 그 가운데 유독《루비 브리지스》를 택한 이유는 어쩌면 팔시의 첫 영화《사탕수수의 길》과 많이 닮아 있었기 때문일지도 모른다. 어린아이의 투명한 시선을 통해 인종차별적인 현실의 부조리함, 어른들이 만들어 놓은 세상의 어처구니없는 억압을 드러내는 데에 팔시는 매력을 느껴 왔다. 열 살 때 이미 미국 영화 속 흑인들의 어이없는 캐릭터에 분노했듯이, 아이들의 눈이야말로 가장 솔직하게 진실을 말하는 힘이라고 팔시는 생각했기 때문이다.

영화는 1960년, 법적으로는 흑백 분리 교육이 철폐되었지만 여전히 인종차별이 심했던 그때, 백인만 다니는 초등학교에 용감하게 홀로 등교한 뉴올리언스의 일곱 살 흑인 소녀 루비 브리지스의 이야기를 다루고 있다. 모든 백인 부모들과 학생들이 등교를 거부하고 소녀의 등굣길을 가로막고 야유하는데도 매일매일 학교로 향하는 소녀, 그리고 루비 혼자만 앉아 있는 교실에서 수업을 진행하는 선생님 헨리가 영화의 주인공이다. 같은 제목의 실화 소설을 영화화한 이 작품 역시 미국 내 수많은 텔레비전 영화제에 초대되었고, 당시 클린턴 대통령까지 격려해서 화제가 되기도 했다.

이처럼 빠리로 돌아간 뒤 팔시는 한동안 미국 쪽과의 작업도 계속했다. 이제 팔시는 자기 작업의 일관성만 보장된다면 언제든 무엇이든 만들어 낼 준비가 되어 있었다. 팔시는 다큐멘터리와 극영화를 넘나드는 자유로운 작업 방식으로 프랑스와 미국에서 차근차근 경력을 쌓아 갔다. 높은 창작 욕구와 목적의식으로 자신만의 색깔이 살아 있는 작품들로 대중과 소통하면서, 어느새 팔시는 프랑스 영화계에서 가장 중요한 감독 가운데 한 명이 되어 있었다.

팔시는 이미 1994년 당시 미떼랑 대통령으로부터 기사 작위를 받았으며, 1997년에는 프랑스 북부 도시 아미엥에 팔시의 이름을 따서 '시네마 유잔 팔시'가 세워졌다. 고향 마르띠니끄에는 그녀의 이름을 기리는 고등학교가 생기기도 했다. 아무것도 가진 것 없이 열여덟 살에 빠리에 도착했던 꿈 많은 소녀가 마흔이 될 즈음에는 프랑스와 마르띠니끄의 작은 전설이 되어 있었다. 그러나 팔시는 거기에 만족해서 안주하지 않았다.

2001년에는 중견배우 앨런 알다와 함께 미국에서 텔레비전 영화 《죽음의 운동장 Killing Yard》을 만들어 다시 한 번 논란의 중심에 서게 된다. 1971년 일어난 아티카 감옥 폭동을 배경으로 한 이 영화는 미국의 교정敎正 시스템, 인권과 인종 문제를 법정 드라마 형식으로 다뤘다. 이 영화를 본 많은 사람들은 흑인 죄수들을 희생양 삼아 인종적 편견과 탄압을 강화하려는 백인들의 모습에 분노를 터뜨렸다.

하지만 팔시는 폭동의 참상에서 한발 더 나아가, 두 건의 살인 사건 누명을 쓴 흑인 죄수와 인권 변호사의 이야기를 통해 폭동과 흑

"내 영화가 억압받는 흑인들의 폭력적 저항을
암시하는 듯이 보인다면
그것은 경고의 의미일 터이다.
구조적 억압은 착한 사람들을
폭력으로 몰아갈 수도 있다는 말이다."

《루비 브리지스》의 포스터

《루비 브리지스》의 한 장면

인 문제의 근원을 드러내고 싶었다. 영화는 아프리카가 아닌 미국을 배경으로 하면서도, 아티카 폭동의 밑바닥에는 백인 지배 계층의 구조적 음모가 뿌리 깊게 자리 잡고 있음을 보여 주었다. 또한 팔시는 주인공 샹고를 통해서 아프리카의 정신을 고수하려는 흑인 문화의 속살을 잘 드러내 변치 않는 신념을 담아냈다.

●

흑인에게 인종주의란 없다

●

"내가 마르띠니끄에서 태어나지 않았더라도 정말 영화감독이나 예술가가 되기를 원했을지는 모르겠다. 마르띠니끄는 온갖 꽃들과 서로 다른 문화들이 조화롭게 공존하는, 정말 아름다운 곳이다. 그러나 정작 나에게 중요한 영향을 준 것은 마르띠니끄의 사람들이다. 그들은 모든 종류의 교육을 중요하게 여겼고, 어른에 대한 존중과 정직함에 큰 가치를 두었다. 내 작품에는 이 모든 것이 담겨 있다. 나는 스스로 이런 고향의 역사와 문화를 그대로 내 안에 가지려 노력하고 있다."

팔시는 자신이 평생 동안 지켜 온 가치관과 영화에 대한 자세를 유지할 수 있는 뿌리가 바로 고향 마르띠니끄임을 공공연히 밝혀 에메 세제르는 1913년 마르띠니끄에서 태어난 시인이자 정치가이며 문학 운동가이다. 최고의 교육기관인 에꼴 노르말 쉬뻬리외르 국립사범학교를 졸업하고, 소르본에서 시와 희곡을 공부했다. 1930년대부터 아프리카와 카리브 해의 흑인 문화와 전통 가치를 뜻하는 '네그리뛰드' 운동의 리더로 활동하면서 세상에 알려졌다.

그의 대표작 《귀향 노트》는 네그리뛰드의 대표작이다. 《귀향 노트》는 고향 마르띠니끄의 절망적이고 소외된 현실을 아프게 묘사하면서 변화와 혁명을 바라는 한 지식인, 시인의 강렬한 목소리를 산문시에 담은 작품이다. 이 작품은 오랜 식민 지배를 통해 신념과 의지조차 사라진 나라 앞에서 자신마저도 이질적이 되어 버린 현실을 고발하고 있다. 세제르가 이야기하는 '귀향'이란 이런 자신의 조국으로 돌아가고자 하는 마음, 투쟁의 의지를 뜻했다.

세제르는 결국 마르띠니끄로 돌아와서 신문사 편집자 등을 거친 뒤 1945년, 마르띠니끄의 수도 '포르 드 프랑스' 시장이 된다. 이후 마르띠니끄를 대표하여 프랑스 하원의원으로 활동하는 등 마르띠니끄의 대표적인 정치인이 되었다. 마르띠니끄 공산당의 초기 활동가였으며, 프랑스 공산당원으로 활동하기도 했던 세제르는 귀향 이후 앤틸러스-카리브 해 지역의 정치경제적 발전과 본국의 식민 동화 정책의 개선에 매진했다. 동시에 네그리뛰드 정신에 입각한 다양한 문화 정책을 펼쳤다. 1993년 공직을 마감하고 2001년 공식 은퇴한 뒤에도 세제르는 프랑스 흑인 사회의 정치적 상징이자 아프리카와 카리브 해 흑인 문화의 정신적 지주 역할을 하였다.

리오넬 조스뺑 전 프랑스 총리는 "에메 세제르는 보기 드문 전인숲시이었다. 훌륭한 예술가였고, 진정한 정치인이었다."라고 세제르를 평했다. 생전에 세제르는 "나의 정치관을 이해하고 싶다면, 제 시를 읽으십시오."라고 했는데, 예술가와 정치인이 하나로 통합되었던 세제르의 삶을 잘 나타내 주는 말이다. 에메 세제르는 2008년 4월, 95세의 나이로 생을 마감했다.

샌프란시스코 만의 알카트라스와 함께 미국에서 가장 악명 높은 교도소로 꼽히던 뉴욕의 아티카 교도소에서 1971년에 발생한 폭동이다.

1971년 9월 9일, 살인·강간 등 강력 범죄를 저지르고 복역 중이던 1천2백여 명의 죄수들이 교도관 스무 명을 인질로 잡고 교도소를 점거하면서 폭동은 시작되었다. 죄수들은 샤워 시설, 화장실 휴지 같은 기본적인 권리를 보장해 달라고 요구했지만, 당시 뉴욕 시장이었던 넬슨 록펠러 미국의 석유왕 록펠러의 손자는 완강히 거부했고, 협상을 위해 현장으로 나오라는 죄수들의 요구도 단호히 거절했다. 그러자 죄수들의 요구사항도 점차 '제3세계 망명'처럼 과격하게 변해 갔다. 이렇게 나흘 동안 대치하다 무력 진압이 이루어졌다. 진압 시간은 5, 6분에 불과했지만 교도관 11명을 포함해 43명이 죽었고, 미 역사상 가장 피해가 컸던 참혹한 교도소 폭동 사건이었다.

폭동은 진압되었지만, 사후 처리가 더 큰 문제였다. 사건 이후 살아남은 죄수들에게는 잔인한 보복이 기다리고 있었다. 교도관들은 죄수들을 발가벗겨 깨진 유리 조각 위를 기어 다니게 하는가 하면, 드라이버로 항문을 후벼 파는 등 말로 다 할 수 없는 잔혹행위들을 계속했다. 뿐만 아니라 독방 처벌을 내리고, 식사를 제공하지 않고, 항의하는 죄수들에게는 무자비한 고문을 가했다. 폭동 당시 이미 아티카는 흑인과 남미계 수형자의 비율이 60퍼센트를 넘어서 있었고 인종차별과 인권 유린으로 악명을 떨치고 있었다. 1년 뒤, 미국 정부 특별위원회가 발표한 〈아티카 폭동 보고서〉는 진압 방식이 적절하지 못했다고 결론지었다. 그러나 진압을 명령했던 록펠러는 얼마 뒤 제럴드 포드 행정부에서 부통령에 임명됐다.

이후 '아티카'는 경찰의 폭력성과 인종차별에 항의하는 상징이 되었다. 비틀즈의 멤버였던 존 레논은 아티카 희생자들을 위한 행사에서, '우리가 지금 살고 있는 이 세상이 바로 아티카 교도소'라고 노래하는 〈아티카 주립교도소〉를 발표했다. 존 레논은 공권력이라는 이름으로 무자비한 폭력이 우리의 일상을 지배하고 있으며, 이 상황을 해결하는 방법은 "당신이 운동에 동참해 인권의 기준을 높이는 일" 뿐이라고 역설하기도 했다.

왔다. 다시 말해, 제3세계, 억압받는 식민지 고향, 그곳에 살고 있던 흑인들이 가지고 있었던 모든 고통과 기억, 그리고 민족적 긍정성을 여전히 자신의 토양으로 삼고 있다는 뜻이다.

또한 팔시는 《백색의 계절》을 만든 뒤 한 인터뷰에서, 자신의 영화에 대해 다음과 같이 이야기하기도 했다.

"어떤 사람들은 영화에서 내가 폭력을 조장하는 것처럼 보인다고 말한다. 그러나 나는 폭력을 혐오한다. 내 영화가 억압받는 흑인들의 폭력적 저항을 암시하는 듯이 보인다면 그것은 경고의 의미일 터이다. 구조적 억압은 착한 사람들을 폭력으로 몰아갈 수도 있다는 말이다. 이것이 바로 남아공 정부와 세계에 내가 말하고 싶은 메시지이다."

팔시의 굳센 믿음과 이러한 가치관은 근래 들어 더욱 분명한 형태로 드러나고 있다. 팔시는 영화를 통해 어느 한쪽으로 치우치지 않은 자신의 정치적 메시지를 표현하고 동의를 구하는 데 거리낌이 없다. 드라마든 다큐멘터리든 상관없이 내면으로부터 우러나오는 대로 맘껏 소리 높여 이야기한다. 그렇기 때문에 최근 팔시의 작업은 좀 더 자유롭게 자신의 이야기를 담을 수 있는 프랑스의 텔레비전에서 주로 진행되고 있다.

2006년에 만든 《반체제의 길 Parcours de dissidents》은 일종의 역사 다큐멘터리이다. 프랑스의 유명 배우 제라르 드빠르디유가 내레이션을 맡은 이 작품은, 제2차 세계대전에 프랑스와 함께 참전했던 카리브 해와 아프리카 식민지의 수많은 군인들이 프랑스 역사 속에서 어떻게 마음대로 삭제되고, 부당한 평가를 받고 있는지를 조명하고 있다. 또 2007년에는 텔레비전 드라마 《부르봉 섬의 신부 Les Mariées de l'isle Bourbon》를 만들었다. 이 작품은 17세기 마다가스카르의 한 작은 섬을 배경으로 노예제도와 결혼제도, 그리고 그 안에서 갈등하고 투쟁하는 젊은이들의 사랑을 다루고 있다.

이제 나이가 오십이 넘은 팔시는 미국 텔레비전, 할리우드 극영화와는 완전히 결별한 듯 보인다. 대신 팔시는 프랑스에서 좀 더 강한 집중력을 보여 주고 있다. 그러면서 그동안 자신이 가져 왔던 문제의식의 근원으로 점점 더 다가가고 있다. 역사 속으로 더 깊이 파고드는 경향은 단순히 과거 회고적인 자세가 아니라, 억압 구조의 뿌리를 찾아가는 발걸음이다. 스스로 이야기하듯 "역사의 문제들을 정확하게 되짚고, 오늘날 다시 대중에게 제대로 된 이미지로 각인시키는 일"이 중요하기 때문이다.

스물여섯 살에 자신의 첫 장편 극영화를 세상에 선보인 뒤 지난 25년여 동안, 소품들을 제외한다면 텔레비전과 스크린에서 팔시가 완성하여 선보인 작품은 열손가락 안에 꼽을 정도로 적은 편이다. 특히 극장용 영화는 몇 편 되지 않는다. 《백색의 계절》이후에는 사실 점차 주류 영화계로부터도 멀어져 가고 있다. 하지만 프랑스에

《죽음의 운동장》 촬영 현장 사진

서 팔시의 입지는 변함이 없다.

팔시는 처음부터 영화를 하겠다기보다는, '어떠한' 이야기를 하겠다고 생각했을 뿐이다. 더 나아가 영화가 자신의 주장과 의지를 표현하는 도구임을 팔시는 한 번도 잊은 적이 없다. 그러므로 장르와 매체를 넘나드는 팔시의 작업에서 언제나 일관된 주제 의식과 정치적 입장은 어떤 흔들림도 없어 보인다.

식민지 작은 섬에서 출발한 인종에 대한 문제의식이 전 세계에 반향을 일으키고, 현대사회에 반성과 자각의 기회를 주고자 하는 일관된 목표. 그러한 목표 아래 팔시의 작업은 그 시공간을 옮겨서, 그 폭과 깊이를 달리하면서 지금도 진화하고 있다. 세상을 지배하고 있는 소수의 사람들을 무조건 적대시하지는 않지만, 결코 추종하거나, 그들에게 동화되지는 않겠다는 팔시의 굳센 입장은, 여전히 프랑스의 작은 주 가운데 하나인 고향 마르띠니끄, 식민지 조국에 대한 정치적인 입장과도 그대로 일치한다.

프랑스를 근거지로 흑인 문화와 식민지 조국의 정체성을 주장했던 네그리뛰드 운동은 21세기 팔시의 영화를 통해 하나의 뚜렷한 문화적 성과로 남게 되었다. 물론 네그리뛰드 운동의 실체는 이미 소멸하였다. 그러나 인종차별과 구조적으로 억압받는 자들의 정체성 문제는 여전히 풀어 나가야 할 사회적, 문화적 과제다. 그런 의미에서 팔시의 작품들은 지금도 의미 있게 진행 중이다.

● 네그리뛰드Negritude 운동

1930~50년대에 빠리에 살던 프랑스어권 아프리카와 카리브 해 출신의 작가들이 프랑스의 식민 통치와 동화 정책에 저항하여 일으킨 문학 운동이다. 주도적 인물은 1960년 세네갈 공화국의 초대 대통령으로 선출된 레오뽈드 세다르 상고르이다. 그는 마르띠니끄 출신의 에메 세제르, 프랑스령 기아나 출신의 레옹 다마스와 함께 서구의 가치를 비판적으로 검토하고 아프리카 문화를 재평가하기 시작했다.

그들은 프랑스의 동화 정책이 이론적으로는 인간 평등의 신념에 근거를 두지만, 사실 아프리카 문화보다 유럽 문명이 우월하며 심지어 아프리카에는 역사와 문화가 없다는 식으로 왜곡을 하고 있다며, 여기에 반기를 들었다. 더구나 세계대전에서는 동포들이 자신들과 상관없는 명분을 위해 죽어 가고 있을 뿐만 아니라, 전쟁터에서 종처럼 취급받는 모습에 분노했다. 또한 역사 연구를 통해, 흑인들이 처음에는 노예 제도로, 다음에는 식민 통치로 고통과 굴욕을 받고 있음을 차츰 깨닫게 되었다. 이런 견해들은 네그리뛰드 운동의 여러 기본 사상을 형성하는 근거가 되었다. 네그리뛰드 운동은 아프리카의 문화적·경제적·사회적·정치적 가치들을 모두 포괄하며, 무엇보다도 아프리카 전통과 민족의 가치 및 존엄성을 가장 중요한 것으로 보았다.

자연 친화적이고, 언제나 조상과 이어져 있는 아프리카인의 삶. 그 신비로움과 포근함은 영적으로 결핍돼 있고, 물질주의로 가득 찬 서구 문화에 맞서 올바른 자리를 찾아야 한다고 네그리뛰드 운동은 주장했다. 특히 현대사회에서 제대로 가치와 전통을 세우기 위해서는, 아프리카인 자신의 풍요로운 과거와 문화유산에 눈을 돌려야 한다고 이야기했다. 또한 사회참여 작가들은 아프리카의 문제와 시적 전통을 다룰 뿐만 아니라, 아프리카인들이 정치적 자유를 갈망하도록 고무시켜야 한다고 주장했다.

1960년대 초부터 대부분의 아프리카 국가에서 이 운동의 정치적·문화적 목표가 이루어지자 네그리뛰드 운동에 기반한 작품은 많이 줄었으며, 서아프리카 문학 운동의 중심도 세네갈에서 나이지리아로 옮겨 가며 그 영향력이 약해졌다. 그럼에도 네그리뛰드 운동은 이후 많은 흑인 문학과 문화계에 영향을 주었으며, 여전히 아프리카와 카리브 해의 문화와 현실이 서구에 적극적으로 소개되고 재평가되는 계기가 되고 있다.

팔시는 이야기한다.

"흑인에게 인종주의란 없다. 내가 태어난 마르띠니끄에서 나는 인종주의를 알지 못했다. 내 얼굴을 보라. 흑인, 백인, 아시아인의 특징들이 고스란히 섞여 있다. 그런데 내가 어떻게 인종주의자가 되겠는가?"

백인들의 이야기와는 달리, 흑인들 스스로는 자신의 역사를 얼마나 존중하며, 그들의 역사에 대해 자긍심을 갖고 있는지 잘 나타내주는 말이다. 팔시는 자신의 영화가 이러한 흑인의 역사적 숙명을 표현해 내야 한다고 믿고 있다. 이 말은 곧 팔시가 새로운 작품을 계속 만들어 나가는 이유이기도 하다. 팔시와 그녀의 작품은 그래서 지금도 전진 중이다.

KÄTHE KOLLWITZ

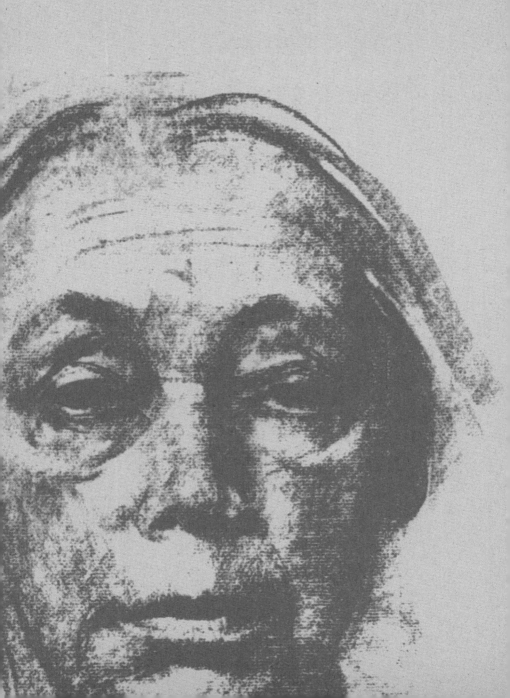

세상의 모든 폭력에 저항한 화가

케테 콜비츠

독일, 1867~1945

〈턱을 괴고 있는 자화상 Selbstbildnis mit aufgestütztem Kopf〉, 1889~91년

케테는 노동자들의 활기찬 모습을 관찰하면서
독일 소시민들의 판에 박힌 답답한 생활과는 비교할 수 없는 활력을 느꼈다.
"쾨니히스베르크의 짐꾼이 나에게는 아름다워 보였고,
민중의 활달함이 아름다웠다. 소시민적인 생활을 하는 사람들에게서는
아무런 매력도 발견할 수 없었다."

당시 판화는 낮은 수준의 예술 작품으로 취급받았다.
케테 역시 그러한 사실을 모르지 않았지만
좀 더 많은 사람들에게 직접 호소하는 가장 적합한 수단으로 판화를 선택했다.
케테는 시민계급을 넘어 노동계급을 포함하여
보다 광범위한 대중에게 직접 호소하고자 했다.
"내 예술이 목적을 가졌다는 데 동의한다.
나는 인간이 이토록 어쩔 줄 모르고
도움을 필요로 하는 이 시대에 영향력을 미치고 싶다."

〈잡힌 사람들 Die Gefangenen〉, 〈농민전쟁〉 연작, 1908년

세상은 다시 전쟁의 불구덩이에 빠져들고 있었다.
1939년 9월, 독일은 폴란드를 전격 침공하면서 제2차 세계대전을 일으켰다.
전쟁이 일어난 이듬해 남편 칼 콜비츠가 죽었고,
1942년 9월에는 제1차 세계대전에서 전사했던 아들의 이름을 이어받은
손자 페터가 동부 전선에서 전사했다.
오랫동안 죽음을 친숙한 친구처럼 여겨 왔던 케테 콜비츠는
마지막 힘을 기울여 마치 유언과 같은 작품을 남겼다.

"'씨앗들을 짓이겨서는 안 된다.' 이제 이것은 나의 유언이다.
요즈음은 무척 우울하다. 나는 다시 한 번 똑같은 것을 파고 있다.
망아지처럼 바깥을 구경하고 싶어 하는 베를린의 소년들을 한 여인이 저지한다.
이 늙은 여인은 자신의 외투 속에 소년들을 숨기고서
그 위로 팔을 힘 있게 뻗치고 있다. 씨앗들을 짓이겨서는 안 된다.
이 요구는 〈전쟁은 이제 그만!〉에서처럼 막연한 소원이 아니라 명령이다. 요구다."

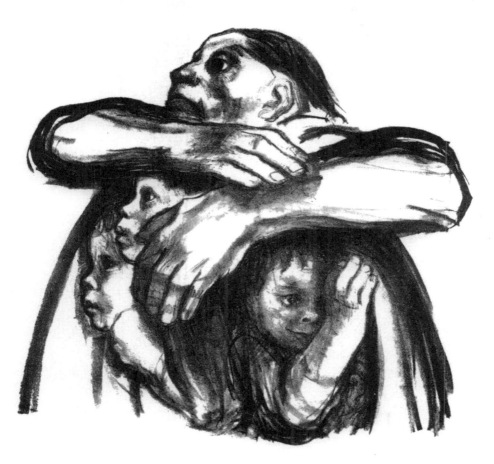

〈씨앗들을 짓이겨서는 안 된다 Saatfrüchte Sollen nicht vermahlen werden〉, 1942년

전쟁으로 만들어진 독일, 전쟁 속에서 태어난 화가

케테 콜비츠 Käthe Schmidt Kollwitz는 1867년 7월 8일, 오스트 프로이센 東프로이센의 쾨니히스베르크에서 태어났다. 케테는 다섯째 아이로 태어났지만 위로 형제 둘이 어린 나이에 병으로 죽었기 때문에 실제로는 셋째 아이였다. 위로는 언니 율리에와 오빠 콘라트가 있었고, 밑으로는 동생 리제가 있었다.

케테가 태어나던 무렵의 독일은 지금 우리가 알고 있는 독일과 많이 달랐다. 당시 독일은 프로이센과 또 하나의 강력한 세력인 오스트리아-헝가리 제국을 비롯해 작은 여러 나라로 분열되어 있었다. 케테가 태어나기 바로 직전이던 1866년, 프로이센은 북부 독일 지역의 패권을 놓고 오스트리아와 전쟁을 벌여 커다란 승리를 거두고, 독일 통일의 최대 걸림돌이었던 프랑스와 결전을 준비했다. 프랑스를 굴복시킨 프로이센의 황제 빌헬름 1세가 베르사이유 궁전에서 황제 즉위식을 거행함으로써 독일 통일을 완성한 것은 케테가 다섯 살 때인 1871년의 일이었다.

케테의 고향인 쾨니히스베르크는 독일 통일의 주도적인 역할을 했던 프로이센의 군주들이 즉위식을 가진 곳이었으며 유명한 철학자 칸트의 고향으로도 잘 알려져 있다. 하지만 훗날 두 번의 세계대전을 거치는 동안 칸트가 철학을 가르쳤던 쾨니히스베르크 대학은 폐교되었고, 쾨니히스베르크라는 지명조차 사라졌다. 이제 쾨니히스베르크는 더 이상 독일 땅이 아니다. 폴란드와 리투아니아 사이에 섬처럼 자리 잡은 이곳은 오늘날 러시아 직할령 칼리닌그라드가 되어 있다. 그녀의 고향이 겪어야 했던 이러한 우여곡절처럼 케테 역시 격변의 시대를 살아 냈다.

케테의 집안은 중산층 지식계급에 속했지만, 자신들이 속해 있는 계급보다는 사회에서 억압받는 계층, 소외되는 계급에 더욱 공감하고 동조하는 분위기였다. 케테의 아버지 칼 슈미트 역시 자유로운 사회주의 사상을 지닌 진지하고 솔직한 사람이었다. 하지만 통일 이후 독일은 다양한 사상이 전파되면서 시민들의 의식은 높아졌지만 정치적으로 상당히 억압적이었고, 경제는 불황이었다. 당시의 억압적인 분위기는 진보적인 사상을 갖는 것만으로도 국가 질서를 크게 위협한다고 간주했다.

결국 법관이었던 칼 슈미트는 "다른 곳도 마찬가지겠지만 특히 이곳 프로이센에서 진보적인 생각을 갖는다는 것은 '국가 질서를 위협하는' 행위이므로 계속 '국가의 공복' 노릇을 할 수가 없다."며 양심대로 살아가기 위해 높은 보수와 존경을 받는 법관을 그만두고 건축 기술자가 되었다.

어머니 카타리나 슈미트 역시 자유 신앙 운동을 펼쳤던 케테의 외할아버지 율리우스 루프의 영향을 받아 온순하고 자상했지만, 한편으로는 강인하고 진보적인 여성이었다. 루프는 신학자이자 목사로서 평생을 교의에 얽매이지 않는 자유 신앙을 주창한 탓에 국가와 교회로부터 박해를 받았지만 자신의 신념대로 살았다.

케테는 아버지를 통해 바람직한 형제애로서 사회주의를 받아들였고, 외할아버지를 통해 삶에 대한 경건한 태도를 물려받을 수 있었다. 어머니는 예술적인 감수성도 뛰어나 고전 작가들의 작품을 직접 모사한 그림들로 집 안을 꾸몄는데, 케테의 형제들은 어머니에게서 예술적 감성을 이어받았다. 특히 케테보다 네 살 많았던 오빠 콘라트는 마르크스주의의 철학적 기초를 만든 엥겔스와 젊은 나이에 교류를 가질 만큼, 일찌감치 마르크스주의자를 자처하는 논객으로 두각을 나타냈다.

건축 기술자였던 아버지는 아이들을 위해 직접 나무토막을 잘라 집짓기 놀이 등 다양한 블록 놀이를 할 수 있게 해 주었고, 케테와 아이들은 가끔씩 아버지의 서재에서 나오는 건축 설계도에 그림을 그리며 놀았다. 비록 낙서에 가까운 그림들이었지만 아버지는 아이들의 그림을 유심히 살펴보았고, 특히 케테가 미술에 뛰어난 재능을 가지고 있음을 알아차렸다. 이 무렵 독일에서는 보다 폭넓은 교육이 시행되었고 좀 더 많은 사람들이 교육의 혜택을 받기 시작했다. 그러나 아직까지 여성이 전문적인 예술교육을 받기는 매우 어려웠다. 이런 어려움들에도 아버지는 케테의 예술적 재능을 뒷받침하기 위해서라면 무엇이든 해 주고자 했다.

케테의 동생 리제 역시 미술에 자질을 보였지만 너무 일찍 약혼했기 때문에 예술에 대한 기본적인 교육조차 받을 수 없었다. 하지만 케테는 열네 살 때부터 쾨니히스베르크에서 가장 좋은 선생님들을 찾아가 미술을 배웠다. 특히 동판화가인 마우어의 가르침은 훗날 그녀가 판화가로 성장하는 데 좋은 밑거름이 되었다. 케테는 언제나 매우 열심이었고, 늘어 가는 실력은 아버지에게 커다란 보람을 느끼게 했다. 하지만 여성이라는 이유로 전문적인 예술 아카데미에 입학해 정식 교육을 받을 수는 없었다. 하는 수 없이 케테는 화가 에밀 나이데를 찾아가 개인 교습을 받아야 했다. 케테에게 쾨니히스베르크는 영원한 마음의 고향이었지만 그녀에게는 점점 더 너무 작은 세계가 되어 가고 있었다.

●

고향을 떠나 예술의 세계로

●

케테가 열아홉 살이 되던 1885년은 그녀에게 매우 중요한 한 해였다. 이때 케테는 처음으로 고향을 떠나 어머니 카타리나, 여동생 리제와 함께 온천이 있는 엥가딘으로 여행을 갔다. 어머니에게 오래간만의 휴식을 갖게 하고, 케테와 여동생에게는 베를린과 특히 뮌헨을 보여 주어야겠다는 아버지의 배려가 담긴 여행이었다.

베를린에는 결혼한 언니 율리에가 살고 있었다. 케테는 그곳에서 율리에의 이웃에 살던 스물두 살의 젊은 예술가 게르하르트 하우프트만을 만났다. 하우프트만은 훗날 독일을 대표하게 되는 시인이자 희곡작가, 소설가로 1912년 노벨문학상을 받은 인물이다. 하우프트만은 그전까지 로마에서 조각을 공부하다가 미술에 소질이 없음을 깨닫고 그 무렵에는 베를린에 돌아와 있었다. 그는 '하우프트만 클

● 하나 되는 독일

케테 콜비츠의 삶을 이해하기 위해서는 먼저 그녀가 살았던 시대의 독일과 당시 유럽의 역사, 사회상을 알아 둘 필요가 있다. 앞서 이야기했듯이 케테 콜비츠가 태어난 1867년만 해도 독일은 여러 나라로 나누어져 있었고, 1871년에 하나의 독일이 되었지만, 당시에는 독일이란 개념조차 생소했다. 우리가 지금 알고 있는, 베를린에 수도를 둔 독일 역시 20여 년 전만 해도 동독, 서독으로 분리되어 있었다. 제2차 세계대전에서 패배한 결과, 동과 서로 분단되었기 때문이다. 두 개의 독일은 1990년이 되어서야 베를린에 수도를 둔 하나의 독일로 통일되었다.

18세기 후반기까지 독일은 작은 제후국들 간에 느슨하게 연결된 독립국가 연합 같은 체제, 독일연방이었다. 같은 언어와 문화로 연결되어 있었음에도 독일이라는 하나의 민족국가를 건설할 마음을 먹지 않았다. 그러나 나폴레옹이 통치하는 프랑스가 유럽을 제패하는 강대국으로 팽창하게 되면서 독일의 상황도 달라지기 시작했다.
독일연방의 여러 곳이 나폴레옹이 이끄는 군대에 점령당하자 독일 내부에서는 프랑스의 압제를 몰아내고 하나의 국가를 건설하자는 민족주의적 열망이 싹트기 시작했다. 특히 프로이센은 군대를 보유한 국가가 아니라 국가를 보유한 군대라는 말을 들을 만큼 강력한 군사 문화가 지배하고 있었다. 프로이센은 1815년 나폴레옹을 몰아내는 워털루 전투에서 주도적인 역할을 담당하면서 독일 통일의 주도적인 국가로 부상하게 되었다.

프로이센 군대가 오스트리아와의 전쟁을 승리로 이끌고,
베를린의 브란덴부르크 문 앞으로 귀환하는 모습.

산업화에서 앞섰던 프로이센은 주변의 작은 나라들을 흡수하거나 지배적인 위치에 서면서 팽창해 나갔고, 마침내 같은 게르만 민족국가였던 오스트리아와 독일 통일의 주도권을 놓고 경쟁할 수 있게 되었다. 케테가 태어나기 바로 직전이었던 1866년, 프로이센은 북부 독일 지역의 패권을 놓고 오스트리아와 전쟁을 벌여 커다란 승리를 거뒀다. 그리고 1870년, 프로이센-프랑스 전쟁에서 '철혈 정책'으로 유명한 비스마르크는 잘 훈련된 프로이센 군대와 발전된 군사 기술을 이용해 프랑스를 굴복시켰다. 프로이센은 독일 통일을 방해하는 마지막 세력을 제거하고, 통일을 이루었다. 전쟁에서 패한 프랑스는 독일에게 알자스-로렌 지방을 빼앗겼고, 배상금으로 50억 프랑을 물어내야 했다.

● 혼란에 빠져드는 독일

하나가 된 독일은 유럽의 신흥 강대국으로 떠올랐고, 영국은 두려움을, 프랑스는 치욕을 느꼈다. 독일은 하나의 민족국가를 수립하는 데는 성공했지만, 정치적으로는 여전히 황제와 토지를 소유한 귀족계급인 융커Junker 출신의 고위 관료, 군인들이 모든 권력을 독점하는 뒤떨어진 국가 체제를 극복하지 못했다. 당시 유럽은 자유주의의 분위기 속에서 시민 의식이 고양되고, 민주주의가 실현되려는 상황이었다. 그렇지만 독일은 자기 나라의 이익을 지키기 위해 자유무역 대신 보호무역을 추진했고, 사회적으로 높은 지위에 있던 기업가와 지주들은 동맹 관계를 맺었다. 이들의 동맹은 당시 독일 사회에서 움트고 있던 정치적 자유주의와 시민 의식, 노동자들의 진보적인 사회 참여를 억눌렀다. 그런 가운데 독일과 유럽의 여러 나라들은 종종 자기 나라의 사회적 위기를 '유대인 자본가'와 같은 내부의 적에서 찾아내고는 했다.

한편, 이 시기 독일의 자유주의적인 지식인들은 '민족협회' 같은 기구를 만들었고, 산업 노동자들을 위한 각종 문화협회와 교육협회 등도 만들어졌다. 사회주의자들 역시 정당을 만들어 의회 정치에 뛰어들고자 했다. 그러나 진보적인 정치 세력에 맞서 보수 정치 세력들도 결집하고 있었다. 프로이센과 바이에른 지방 등에 가톨릭 정치 세력이 출현하면서 독일은 점차 자유주의와 보수주의, 사회주의가 각축을 벌이게 되었다. 하지만 이런 현상은 주로 도시에서 벌어진 일들이었다. 아직까지도 독일의 농촌 지역은 교회가 일상을 지배하는 비교적 전통적인 촌락 공동체가 유지되고 있었다. 그들은 일상을 침해하는 특별한 사건이 없는 한, 전국적인 차원에서 발생하는 도시의 변화를 알지 못했다.

동맹파업 중인 독일 노동자들을 묘사한 그림.

통일을 이룰 즈음 독일 경제는 더욱더 급속하게 성장하기 시작했다. 석탄과 철, 직물 생산량이 급증했고, 1850년대부터 1870년대 사이에 독일의 철도망 길이는 세 배나 늘어났다. 산업 발전은 노동자의 비율을 증대시켜 1850년대까지 전체 인구의 4퍼센트에 불과했던 노동자들은 1870년대에 이르러서는 10퍼센트대로 증가했다. 일인당 국민소득 역시 이 시기에 3분의 1이나 늘어났다. 또한 통일 직후 독일은 프랑스로부터 전쟁배상금을 받았고, 이를 다시 경제에 투자하면서 경제가 급속하게 성장하기 시작했다.

하지만 새로운 기업체들이 활발하게 경제활동을 전개하자 투기 붐이 일었고, 경제에 거품이 끼어 인플레이션이 발생했다. 인플레이션은 독일 경제를 냉각시켰고, 갑작스럽게 찾아온 불황은 독일 경제를 위축시켰다. 빈부 격차는 더욱 커졌다. 물질적 궁핍과 정치적 억압 속에 노동자들은 더욱더 사회주의에 관심을 갖기 시작했다. 비스마르크는 정치적으로는 사회주의자들을 억압했지만 다른 한편으로 진보적인 사회복지법을 도입하면서 위기를 모면하고자 했다. 노동자와 사회주의자들 가운데에서도 경제적 조건이 조금씩 나아지는 데 만족하는 사람들과 좀 더 근본적인 변화를 요구하는 사람들로 나뉘어 충돌하기 시작했다. 케테가 성장하던 시기의 독일은 이념적으로 사회주의 운동이 황제와 비스마르크로 상징되는 보수적인 억압에 맞서 투쟁하던 시대였다.

립'이라 불리는 모임을 통해 당대의 주요 사조인 자연주의와 사회주의에 관심을 갖고 있던 과학자, 철학자, 예술가들과 활발하게 교류했다. 이 모임에는 당시 베를린에서 활동하고 있던 케테의 오빠 콘라트도 포함되어 있었다.

케테는 이들과 어울리며 고향 쾨니히스베르크와는 완전히 다른 보다 자유롭고 활기 있는 생동감을 만끽할 수 있었다. 케테는 당시의 분위기를 이렇게 표현했다.

"그 큰 방에는 기다란 식탁이 있었고, 식탁 위에는 장미가 놓여 있었다. 우리는 모두 장미꽃 화관을 쓰고 포도주를 마셨다. 하우프트만이 율리우스 카이사르의 글을 낭독했다. 우리는 모두 젊었기 때문에 분위기에 푹 빠져 있었다. 삶을 향해 열리는 황홀한 서곡과도 같았다. 그 세계는 막을 새도 없이 내게 열리고 있었다."

케테는 베를린을 거쳐 뮌헨에서도 일주일 정도 머물면서 미술관과 박물관을 찾았다. 그곳에서 루벤스의 작품을 감상한 케테는 들고 있던 책에 자기도 모르게 "루벤스! 루벤스!"라고 쓸 만큼 깊은 감명을 받았다. 그 뒤 케테는 미술 공부를 위해 혼자 베를린으로 돌아가 베를린여자미술학교에 다녔다. 당시 베를린에는 오빠 콘라트 역시 대학을 다니고 있었기에, 케테 역시 이곳에서 하숙을 하며 베를린여자미술학교에서 화가이자 조각가인 칼 슈타우퍼-베른의 지도로 미술을 공부했다.

케테는 유화에 관심을 보였지만 칼 슈타우퍼-베른은 그녀의 소묘 작업에 관심을 보였다. 케테는 그의 소개로 당대 독일 최고의 예술가이자 판화가였던 막스 클링거의 작품을 처음 보게 되었는데, 클링거의 〈삶〉 연작 시리즈는 케테를 흥분시켰다. 칼 슈타우퍼-베른은 케테에게 예술적 소질이 있음을 발견하고 베를린에 남아 계속 공부할 수 있도록 아버지를 설득하려 했지만, 얼마 안 있어 칼 슈타우퍼-베른이 세상을 떠나는 바람에 케테는 고향으로 돌아올 수밖에 없었다.

그렇게 새로운 세계를 경험하고 고향에 돌아왔고, 워낙 자립적인 사고와 판단을 중시하는 집안 분위기 속에서 성장하였기에, 당시 케테는 때때로 예술가적 자의식은 한껏 높아져 있었다. 도덕보다 본능적인 욕망을 추구할 수도 있다고 생각할 정도였다. 케테는 그러한 본능이 비록 당대의 사회적 규범에서는 문제가 된다 하더라도 넘어설 수 있다고 믿었다. 이 시절을 회상하고 있는 케테의 일기에는 사춘기 시절 남성의 성에 대한 관심이 높았고, 예술가라면 양성애도 필요하다고 스스럼없이 적고 있을 정도였다. 19세기에 태어난 여성으로서는 매우 도발적인 사고였다.

이때 케테는 한 사람을 만나 호감을 갖게 되었다. 오래전부터 오빠 콘라트와 함께 토론하며 지내는 사이였던 의학도 칼 콜비츠. 하지만 케테가 결혼할 무렵만 하더라도 여성의 지위는 형편없이 낮았다. 독신 여성이 결혼하면 남편이 법적인 지배자가 되어 자기 재산을 직접 관리할 수도 없었고, 당시 독일은 노동 인력과 전시 병사들을 생산한다는 이유로 여성의 임신중절을 형법으로 처벌했다. 아무리 자유분방한 케테라도 미래의 남편이 될 사람에 대해 누구보다 신중할 수밖에 없었다. 예술가를 꿈꾸는 케테에게도 결혼은 낭만이 아니라 지독한 현실이었기 때문이다.

케테는 오빠 콘라트가 주도하는 사회주의자 모임에서 칼을 눈여겨보았다. 오빠의 친구이기도 했던 칼은 의학도로서 장차 가난하고 소외된 사람들을 돌보겠노라 마음먹고 있었다. 비록 첫눈에 반하지는 않았지만 점차 시간이 지날수록, 그와 함께라면 평생을 후회하지 않게 되리라 믿을 수 있었다. 케테는 칼과 결혼 약속을 했다. 훗날 케테는 칼 콜비츠에 대해 이렇게 말했다.

"칼은 자신을 아끼고 보호할 줄 모른다. 쉬지 않고 일에 매달렸다. 무엇인가와 타협하거나 재는 데 익숙하지 않았다. 마찬가지로 내게도 그렇게 자신의 전부를 주었다. 그의 사랑과 선함은 퍼내도 퍼내도 끝이 없기 때문에 그는 마음껏 낭비를 했다."

사실 그 무렵 독일의 중산층 및 상류층 가정에서는 딸이 열여섯 살을 넘기면 적당한 신랑감을 찾아 결혼시키는 일이 가장 큰 관심사였다. 혼기를 놓쳐 노처녀로 늙으면 가문의 위상과 성공에 먹칠을 한다고 여겼기 때문이다. 여성이 결혼을 하지 못하면 웃음거리

뮌헨의 여자예술학교에 다닐 때의 케테

가 되었고, 남들의 눈총을 받는 일이었다. 밖에 나갈 때도 늘 보호
자가 따라다녀야 했고, 처녀들은 나쁜 소문으로부터 스스로를 보호
해야 했다.

　그러나 케테의 아버지는 그런 것들에 신경 쓰지 않았다. 도리어
결혼하겠다는 케테의 이야기를 들은 아버지는 크게 실망했다. 케테
의 예술적 자질에 대한 기대가 컸던 아버지는 케테가 결혼하고 나
면 예술가의 길을 포기할지도 모른다고 생각했기 때문이다. 결국
케테의 아버지는 빌헬름 2세가 독일 황제에 즉위하던 1888년, 케테
를 뮌헨의 여자예술학교에 입학시켰다.

케테는 루드비히 헤르테리히의 지도를 받게 되었고, 뮌헨은 그녀에게 예술적 영감을 주었다. 어느덧 케테는 '그림 그리는 여자'로 살아가는 삶을 매우 만족스러워하고, 판화가의 길을 가야겠다고 결심하게 되었다. 훗날 케테는 다음과 같이 그때를 기억했다.

"시간 나는 대로 막스 클링거의 《회화와 판화》를 읽었다. 읽으면서 나는 화가일 수는 없겠다는 생각이 들었다. 그렇지만 헤르테리히의 탁월한 지도로 나는 뮌헨에서 제대로 보는 법을 배웠다."

●

다시 고향으로

●

뮌헨의 자유로운 분위기에 이끌려 한 학기를 더 보냈지만, 얼마 안 있어 케테는 베를린을 선택하지 않은 데 대해 곧 후회했다. 뮌헨에서의 생활이 즐겁고 자유를 만끽할 수 있는 분위기이긴 했지만, 통일 독일의 문화와 예술의 중심은 베를린이었다. 케테가 뮌헨에 머물던 1889년, 베를린은 젊은 작가들과 화가, 사상가들로 넘쳐났다. 문화적 생동감이 넘치는 베를린에서는 자고 나면 뭔가 새로운 일과 사건들이 연이어 벌어졌다. 몇 년 전 베를린에서 만났던 하우프트만 역시 희곡 《해뜨기 전》을 무대에 올리면서 하룻밤 사이에 독일에서 가장 유명한 희곡작가가 되어 있었다. 약혼자였던 칼 콜비츠는 의사로서 반 년 동안 군의관 복무를 위해 베를린에 있었고, 오빠 콘라트도 베를린에서 《전진》이란 잡지에서 편집 일을 하며 두각을 나타내고 있었다.

"뮌헨과 비교할 때 베를린의 생활은 뭔가 끓어오르는 느낌을 주었다. 어쩌면 나는 당시의 끓어오르는 삶 속으로 빠져 버렸을지 모르지만 유익한 영향을 받았을지도 모를 일이었다."

하지만 케테는 이듬해 쾨니히스베르크로 돌아갔다. 그즈음 케테는 살아 있는 노동자들의 삶을 표현하고 싶다는 생각을 하기 시작했다. 뮌헨에 비해 생동감이 넘쳐났던 베를린에 가고 싶기도 했지만, 베를린에서 볼 수 있는 노동자들은 형편이 좀 나아 보였고, 그녀 자신이 옹졸하고 갑갑하게 여기던 소시민들의 삶을 흉내 내기 급급해 보였다. 케테에게 그들의 모습은 당대 노동자들의 모습을 대변하지 못했기에 예술적인 면에서도 별로 매력적이지 않았다. 하지만 이 무렵 케테는 노동자들의 삶을 가까이에서 볼 수 없었기에, 그들의 삶에 대해 피상적으로밖에 이해할 수 없었다.

뮌헨에서 작업한 작품 몇 점을 팔 수 있었던 케테는 그 돈으로 고향에서 소규모 아틀리에를 빌렸다. 이곳에서 본격적으로 작품 활동을 시작하고자 했다. 평생 가난하고 소외된 이웃의 모습을 그려 낸 케테의 첫걸음이었다. 하지만 그 첫 출발은 약간의 동정과 노동자들이 처한 현실에 대한 공감에서 비롯했다.

케테는 남들의 눈초리는 아랑곳하지 않고, 노동자들이 즐겨 찾는 싸구려 선술집을 자주 찾아갔다. 물론 여성이 혼자 자전거를 타는 것만으로도 이상한 시선을 받던 시절이었기에, 케테를 알고 있는 주변 사람들은 혼자서 술집을 찾곤 하는 케테의 모습을 곱게 보지 않았다. 더구나 술집은 항상 남성 노동자들의 왁자한 소음과 거친 행동으로 복잡했고 무슨 일이 벌어질지 알 수 없었다. 하지만 케테는 뮌헨에서 남자들과도 터놓고 교우 관계를 맺으면서 자유분방한 분위기를 경험했기에 사람들의 시선에도 불구하고 혼자서 술집을 찾았다. 노동자들의 활기찬 모습을 관찰하면서 독일 소시민들의 판에 박힌 답답한 생활과는 비교할 수 없는 활력을 느꼈다.

"쾨니히스베르크의 짐꾼이 나에게는 아름다워 보였고, 민중의 활달함이 아름다웠다. 소시민적인 생활을 하는 사람들에게서는 아무런 매력도 발견할 수 없었다."

그 무렵 약혼자 칼 콜비츠는 군 복무를 마치고 베를린의 노동자 거주 지역 의료보험조합의 의사가 되었다. 케테는 이제 아버지를 떠나야 할 때가 되었다고 느끼고는 이렇게 말했다.

"이제 그만 칼과 결혼하겠어요."

아버지는 케테가 예술가로서의 삶과 결혼 생활을 함께 이루어 나갈 수 있을지 염려했기 때문에, 케테가 하루빨리 미술 공부를 끝마치고 전시회를 열어 예술가로 먼저 성공해 주기를 바랐다. 하지만 케테가 이미 결심을 굳혔음을 알게 되자 더 이상 말릴 수 없었다. 아버지는 케테에게 마지막으로 충고했다.

"두 가지를 조화시키기는 아마 굉장히 힘들 거야. 하지만 네가 선택한 일이다. 진심으로 이루고자 했던 것을 그대로 지켜 나갈 수 있도록 최선을 다해라."

●

가난한 노동자들의 의사와 그의 아내

●

1891년 봄, 케테 슈미트는 칼 콜비츠와 결혼해 케테 콜비츠가 되었다. 콜비츠 부부는 칼이 의료 활동을 하던 베를린 북부의 바이센부르크가 25번지에 집을 얻었다.(이곳은 현재 케테 콜비츠 거리로 이름이 바뀌었다.) 두 사람은 이 집에서 오십 년 동안 머물면서 가난한 노동자들을 진료하고, 아이를 낳아 기르며 칼이 먼저 세상을 떠나기 전까지 함께했다.

당시 독일은 정치적으로는 매우 보수적이고 억압적이었지만, 비스마르크가 구사했던 채찍과 당근이라는 양면 정책 때문에 특이하게도 다른 유럽 국가들보다 앞선 사회복지 체계를 갖추고 있었다.

이렇게 해서 만들어진 단체가 노동자의료보험조합이며, 칼은 그 조합 소속 의사였다. 칼에게는 항상 너무 많은 환자들이 찾아와 바빴지만, 그 와중에도 칼은 케테가 하고 싶어 하는 일들을 돕기 위해 애썼다.

사실 결혼 전만 해도 케테는 결혼한 뒤에도 계속 자신의 예술 활동을 할 수 있을지, 칼에 대한 자신의 감정이 진실한지 또한 확신하지 못했다. 그러기에 결혼을 쉽게 결정할 수 없었다. 이렇게 결혼을 앞두고 자기모순에 빠진 딸이 고민하는 모습을 지켜본 케테의 어머니는 이야기했다.

"네가 앞으로 살면서 칼의 사랑이 부족하다고 느끼는 일은 결코 없을 거야."

실제로 어머니의 이야기는 맞았다. 칼은 조용하고 성실한 남편이었고, 늘 케테를 아끼고 사랑해 주었다. 칼은 원칙적이고 강인한 사회주의자였지만 동시에 매우 온화한 성품의 소유자였기 때문에, 케테가 이성보다는 본능적으로 행동하는 예술가적 기질을 보일 때조차 한결같은 태도로 아내를 이해하고 감싸 주었다. 칼은 숨을 거두는 마지막 순간까지 훌륭한 남편이자, 자상한 아버지였고, 또 케테의 예술 활동을 이해하고 지원하는 예술적 동반자였다. 기쁠 때나 슬플 때나 괴롭고 아플 때도 서로 위로하며 힘든 시절을 견뎌 낸 두 사람은 시간이 지날수록 더욱더 사랑이 깊어짐을 느끼며 평생을 함께했다.

　두 사람은 결혼 이듬해인 1892년 첫째 아이 한스를 낳았고, 4년 뒤인 1896년 둘째 페터를 낳았다. 이렇게 해서 케테는 인생에서 가장 중요하다고 여기는 세 가지를 다 얻었다.

　"내 인생에서 중요한 세 가지는 자식들, 충실한 인생의 반려, 그리고 나의 일이다."

　무엇보다 칼이 의료 활동을 하는 현장을 함께 경험하며 케테는 쾨니히스베르크에서 피상적으로만 접했던 노동자들의 삶을 좀 더 구체적으로 바라볼 수 있었다. 결혼 초에 케테는 남편을 도와 무료 진료소 일을 거들었고, 종종 남편을 따라 노동자 가족을 직접 방문했다. 친숙해진 몇몇 노동자와 가족들은 직접 케테의 방까지 찾아오고는 했다.

　이들과 직접 대면하고 그들의 삶 속에 들어가면서 케테는 이전까지 품었던 노동자계급에 대한 낭만적인 시각에서 벗어날 수 있었다. 특히 노동자계급의 여성들이 처해 있는 현실에 같은 여성으로서 분개했다. 노동자계급의 아내는 몸이 아파 일할 수 없게 되면 가족 모두에게 짐짝처럼 취급받았다.

　"노동자들의 결혼 생활은 남편과 아내가 모두 건강할 때 유지될 수 있다. 종종 노동자의 아내는 '그녀가 일할 수 있는가 없는가.'라는 척도로 판단되었다. 노동자들의 세계는 부르주아와는 완전히 별

케테 콜비츠 | Käthe Kollwitz

기쁠 때나 슬플 때나 괴롭고 아플 때도
서로 위로하며 힘든 시절을 견뎌 낸 두 사람은
시간이 지날수록 더욱더 사랑이 깊어짐을 느끼며
평생을 함께했다.

개의 세계이다. 그곳은 전혀 다른 가치 척도가 지배한다."

19세기에서 20세기로 넘어가던 무렵 독일의 여성들은 남편의 사회적 지위에 따라 운명이 크게 좌우되었다. 농부의 아내는 당연히 남편의 일에 깊이 관여해 농지와 아이들을 돌보는 일을 했고, 소상인의 아내는 자동적으로 회계와 세금 계산 등의 일을 했다. 사회적 지위가 낮을수록 여성의 위치도 불안정했다. 특히 일용 노동자의 아내는 어떻게 하면 자신이 푼돈이라도 벌 수 있을까 고심해야만 했다. 노동자계급의 여성들은 노동자이자 아내이며 어머니였지만 언제나 한 사람의 남성 노동자보다 훨씬 더 적은 임금을 받았다. 그나마도 건강하거나 임신하지 않았을 때만 일꾼으로 인정받을 수 있었다. 그 때문에 당시 독일에서는 갓 태어난 아이를 살해하거나, 원치 않는 임신에서 벗어나기 위해 불법으로 임신중절수술을 받다가 건강을 해치는 여성들이 많았다.

●

드디어 민중 운동의 역사 속으로, 〈직조공 봉기〉 연작

●

첫째 아이 한스를 낳고 나서 케테는 그동안 집중하지 못했던 자신의 작업을 조금씩 진척시켜 나갔다. 전시회가 기획된다는 소식이 있을 때마다 부랴부랴 작업을 진행해 작품을 출품했지만 받아들여지지 않았다. 때마침 전시회에 탈락한 사람들만의 작품을 모아 전시하는 '자유예술전시회'가 열리자 케테는 파스텔화 2점과 동판화 1점을 출품했다. 이 전시회에서 케테의 작품이 율리우스 엘리아스라는 비평가의 주목을 끌기는 했지만, 케테에게는 새로운 돌파구가 필요했다. 때마침 예전에 만났던 하우프트만의 연극《직조공》을 '자유 무대'가 처음 무대에 올린다는 소식을 들은 케테는 그 연극을 반드시 보고 싶다는 충동을 느꼈다.

《직조공》은 1844년 독일 슐레지엔 지방에서 실제 있었던 직조공들의 이야기로, 가혹한 노동환경에 내몰린 직조공들이 봉기하게 되는 과정을 동정적인 시선으로 묘사하고 있는 작품이었다. 하우프트만은 이미 독일에서 가장 유명한 희곡작가였고, 정부 당국에 대한 비판적인 시선 때문에 젊은이들의 사랑을 한 몸에 받는 최고의 지식인 가운데 한 명이었다. 그런 탓에 이날 공연은 당국의 검열로 일부에게만 허용된 비공개 공연으로, 그나마도 경찰의 감시 속에 진행되었다.

"이 공연으로 나의 작업에 한 획이 그어졌다."고 말할 정도로 케테는《직조공》으로부터 강렬한 자극을 받았다. 결국 케테는 쾨니히스베르크에서부터 준비하고 있었던 〈제르미날〉 연작을 뒤로 젖혀두고, 〈직조공 봉기Ein Weberaufstand〉 연작에 몰두하기 시작했다. 케테는 이 연작들이 하우프트만의 《직조공》뿐만 아니라 하이네의 시 〈슐레지엔의 직조공〉을 떠올릴 수 있는 작품이 되기를 바랐다.

이때 케테의 동판화 기술은 아직 미흡했기 때문에 동판화를 제작하기 전에 먼저 석판화로 〈죽음Tod〉, 〈가난Not〉, 〈모의Beratung〉 석 점의 작품을 제작했다. 마치 직조공들이 베틀에 앉아 한 올 한 올 옷감을 짜듯 심혈을 기울였기 때문에 그녀의 작업은 매우 느리게 진행되었다. 작품이 완성되기 전까지 비슷한 구도의 그림들을 숱하게 그리고 변화를 주며 마음에 드는 작품이 나올 때까지 이 과정을 반복했다. 실패를 거듭한 끝에 마침내 나머지 세 개의 동판화 〈직조공들의 행진Weberzug〉, 〈돌진Sturm〉, 〈결말Ende〉까지 완성할 수 있었다.

1893년에 시작한 〈직조공 봉기〉 연작은 1897년에 가서야 여섯 점의 작품으로 마무리할 수 있었다. 연작을 완성한 케테는 비로소 자신이 나아갈 길이 판화라는 사실을 확신할 수 있었다. 케테는 이 작품들을 지금까지 자신을 예술가의 길로 이끌어 준 아버지에게 바쳤다. 언젠가 부모님은 케테에게 "삶에는 즐거운 일들도 있단다. 그런데 왜 너는 이토록 어두운 면만 그리니?"라고 물은 적이 있었다. 그런데 이제 케테는 〈직조공 봉기〉 연작을 통해 "이들의 삶이 아름답지 않느냐"라고 그 질문에 답하는 듯했다.

때마침 70세 생일 파티에서 처음으로 케테의 작품을 받아 본 아프로이센이 독일을 통일하기 전이었던 1848년, 유럽은 온통 프랑스의 2월 혁명의 열기로 들끓고 있었다. 이에 당황한 당시 오스트리아의 재상 메테르니히는 이 지각 변동을 마무리 짓기 위해 유럽을 혁명 이전으로 되돌리려는 강력한 복고주의 정책을 펼쳤다. 그런데 묘하게도 이 과정에서 독일은 유럽 최초로 사회복지법을 제정하고, 가장 앞선 사회복지 체계를 갖추게 되었다. 바로 칼 콜비츠가 의료 활동을 시작하던 그 시기의 독일이다. 조금만 더 자세하게 살펴보자.

1840년대 프랑스에서는 산업혁명이 활발히 진행되면서 노동자와 산업자본가가 새로운 사회 세력으로 등장했다. 이들은 소수 부유한 지주층이 권력을 잡은 내각의 사퇴를 요구하며 2월 혁명을 일으켜, 루이 필리프 왕정을 무너뜨렸다. 이렇게 프랑스 2월 혁명에서 출발해 독일까지 번진 시민혁명의 열기는 자유주의적인 시민들이 봉기하게 만들었다.

프로이센 정부는 처음에는 단호한 자세를 취했지만, 결국에는 시민들의 요구에 따라 새로운 내각과 의회를 구성하여 프로이센이 독일 통일에 앞장서겠다고 천명했다. 이것이 독일의 3월 혁명이다. 하지만 여전히 더 나은 세상을 갈망했던 민주주의자들은 3월 혁명이 아직은 미완성이라고 생각했다. 이들은 3월 혁명을 통해 얻어낸 언론·출판·결사의 자유를 통해 수많은 잡지와 신문을 발행하기 시작했고, 협회와 클럽, 위원회 등을 만들어 활동했다. 한편 혁명을 통해 합법적인 지위를 획득하게 된 자유주의자들은 옛 체제의 권력기구들, 정부, 군대 안에서 한자리씩 차지하며 스스로 과거의 권력을 부활시켰다.

프랑스 2월 혁명 때 노동자들의 모습

한편, 정국이 다시 안정되자 국왕과 비스마르크는 국민의회를 해산하고, 국왕 단독의 흠정헌법欽定憲法을 반포했다. 민주정부를 수립하고자 했던 혁명적인 기운은 어느새 가라앉고 말았다. 또한 3월 혁명을 겪으면서 민중의 힘을 깨닫게 된 독일 정부는 아예 그 싹이 자라지 못하도록 당근과 채찍 정책을 병행하기 시작했다. 일단, 반反사회주의자법을 제정하는 등 억압적인 정책으로 혁명적 기운을 억눌렀다. 반사회주의자법은 3월 혁명의 결실이었던 집회, 조직, 산하 협회, 신문, 정기간행물을 금지하는 법령이었다. 그러면서도 사회민주주의자들의 의원 입후보와 의회 진출은 허용했기 때문에 독일의 사회주의는 대중과 직접 만나는 대신 의회 투쟁에 전념하게 되었다. 이 법안은 1890년 비스마르크가 퇴임할 때까지 유지되었다.

또한 정부는 반사회주의자법 같은 채찍을 휘두르는 동시에 당근 정책으로 민심을 달래는 것을 잊지 않았다. 그것이 바로 사회복지법이었다. 정부는 시민들의 요구를 억누르는 대신 시민과 노동자들을 달래기 위해 유럽 최초로 사회복지법을 제정했다. 1883년에는 의료보험이 만들어졌고, 그 이듬해인 1884년에는 산재보험이, 1889년에는 오늘날과 같은 연금보험이 만들어졌다. 물론 이러한 사회복지법들의 이면에는 시민들의 불만을 달래기 위한 의도가 숨어 있었지만, 이를 통해독일이 유럽에서 가장 앞선 사회복지 체계를 갖게 됐다는 점은 아이러니라고 할수 있다.

● 20세기 초 독일의 사회상

산업혁명에서 뒤처졌던 독일은 영국을 따라잡기 위해서 노동자들을 몇 배나 더강도 높은 노동으로 몰아넣었다. 20세기 초, 독일은 제2차 산업혁명에 접어들고있었다. 이때 독일 공업의 중심은 과거의 석탄, 제철, 중공업 분야에서 전기와 화학 같은 새로운 분야로 옮겨지고 있었다. 같은 시기 영국의 공업 생산은 두 배로증가했지만, 독일의 공업 생산은 무려 다섯 배나 증가했다. 그만큼 독일 노동자들이 더 오래, 더 많이 일했다는 뜻이기도 하다.

영국이 경제 문제에 국가가 직접 개입하지 말아야 한다는 자유방임주의 정책을 추진했다면, 독일은 오늘날 개발도상국들이 즐겨 사용하듯이 국가가 직접 나서는 보호무역과 개입 정책을 추진했다. 국가가 주도한 독일의 경제 구조는 비교적 견고한 편이었고, 정부의 보호 아래 기업의 성장은 촉진되었지만 그만큼 외부 환경의 변화에는 취약할 수밖에 없었다.

근대화를 추진한 유럽의 거의 모든 나라들이 경험한 문제이지만, 특히 독일은 몇 배나 빠른 산업화로 더욱더 많은 사회적 문제를 안고 있었다. 무엇보다 도시 집중화 현상이 심각했다. 산업화로 촉발된 도시화는 수많은 농촌 젊은이들을 도시로 끌어들였다. 교회가 탄생부터 죽음까지 관장하고, 물레방앗간의 공동 작업 같은 촌락공동체Gemeinschaft에 익숙했던 사람들에게 도시와 자본주의는 놀라운 문화 충격이었다. 낯익은 사람들과 이루어지던 친숙하고 안정된 관계는 낯선 도시의 냉혹한 이해관계와 공장의 컨베이어 벨트 앞에서 사라져 버렸다. 도시에 내던져진 사람들은 공동체로부터 아무런 보호도 받지 못하고, 홀로 늑대 무리에 던져진 듯한 기분을 느낄 수밖에 없었다. 이처럼 고립된 개인과 자본주의적 일상이 지배하는 사회Gesellschaft 속에서 대중은 불안해했다.

제국의 수도로 급속히 팽창한 베를린에는 부자들을 위해 화려한 건물들이 연이어 지어졌지만 그 뒤편에는 더러운 시궁창이 흘러가는 노동자들의 허름하고 보잘것없는 공동주택들이 줄지어 들어섰다. 아무도 돌보는 사람이 없는 골목에는 가난에 찌든 노동계급의 아이들이 학교도 가지 못한 채 무리 지어 뛰어놀았다. 때때로 노동계급의 부모들은 가혹한 가난에 시달린 나머지 남몰래 혹은 공공연히 신생아들을 안락사시켰다.

모두의 어깨에 드리워진 실업과 빈곤의 공포는 촌락공동체에 대한 향수를 증폭시켰고, 이에 대한 열망은 더욱 강력한 국수주의와 민족주의로 싹텄다. 급속도로 팽창한 노동계급은 자본가들에 대한 분노로 비타협적인 사회주의로 흘렀고, 다른 한편으로는 배타적인 민족주의와 반유대주의로 흘러갔다. 이렇게 비정한 거리가 바로, 케테 콜비츠가 몸으로 느꼈던 세상, 그림으로 옮겼던 세상의 모습이다.

버지는 집 주변을 뛰어다니며 계속해서 어머니 카타리나를 찾았다. 아버지는 "빨리 와서 케테가 한 걸 좀 봐요!"라며 어머니에게 케테의 작품을 자랑스럽게 보여 주었다. 그는 딸이 드디어 예술가가 되었다며 기뻐했지만 그것이 자신의 눈으로 보는 마지막 작품이 되었다. 얼마 안 있어 세상을 떠났기 때문에 아버지는 딸의 작품이 정식으로 전시되는 모습을 한 번도 보지 못했다.

당시 유럽의 예술은 국가나 왕실이 설립한 국립예술아카데미에 의해 주도되었고, 가장 권위 있고, 수준 높은 전시회들 역시 이들이 개최했다. 1898년에도 독일에서 가장 규모가 크고, 높이 평가받는 베를린 대전시회가 열릴 예정이었지만, 아버지의 죽음에 크게 상심하고 있던 케테는 작품을 출품하고 싶은 마음이 생기지 않았다. 그러자 평소 가깝게 지내던 친구 안나 플렌은 상심해 있는 케테를 대신해 〈직조공 봉기〉 연작을 심사위원회에 출품했다.

당시 베를린 대전시회는 아돌프 프리드리히 멘첼을 비롯해 막스 리버만 등 독일 최고의 예술가들이 심사위원을 맡고 있었다. 특히 막스 리버만은 당대 최고의 화가 꾸르베와 밀레 등과 함께 활동했고, 기존의 아카데미 전통에서 벗어나 새로운 예술 세계를 개척한 화가로 많은 존경을 받았다. 심사위원회는 케테의 작품에 금상을 수여하기로 결정하고 황제에게 추천했다. 그러나 황제 빌헬름 2세는 사회적인 내용을 담은 예술은 모두 '시궁창 예술'이라고 비난했다.

황제는 같은 이유로 바로 얼마 전 하우프트만에게 쉴러상이 추천되었을 때도 거부했고, 케테 콜비츠의 금상 수여 또한 거부했다.

그러나 케테의 작품은 하우프트만의 연극 못지않게 사회적으로 큰 파장을 불러일으켰다. 당시 노동자들이 처해 있던 비참한 상황을 알고 있는 사람들은 많았다. 하지만 이를 예술적으로 승화시켜 아름답게 형상화한 경우는 사실상 케테가 처음이었다. 당시는 "노동자도 인간이다."라는 말만으로도 혁명을 고무하는 행위로 간주되던 때였다. 많은 사람들이 케테의 〈직조공 봉기〉 연작 앞에서 발을 떼지 못했다. 비록 베를린 대전시회에서 금상을 수상하지는 못했지만 이 일을 계기로 케테는 단번에 엄청난 명성을 얻었다.

당시 독일에서는 유럽의 다른 국가들과 마찬가지로 기존의 미술 아카데미가 주도하는 예술 양식을 대체하려는 움직임이 있었다. 베를린 대전시회 심사위원이었던 막스 리버만도 그러한 그룹들 가운데 한 명이었다. 이들은 자유로운 표현 활동을 통해 세상과 소통하는 작품을 만들고자 했으며, 국가 주도의 관영화된 전시회를 대신해 예술가들 스스로 전시회를 기획하고 조직하고자 했으므로 스스로를 '분리파'라 불렀다.

1892년 뮌헨 분리파가 공식 출범했고, 1897년에는 구스타프 클림트가 주도하는 비엔나 분리파가 출현했다. 베를린에서도 1899년 에드바르트 뭉크와 에밀 놀데 등 표현주의 작가들의 작품 전시 거부

〈직조공들의 행진 Weberzug〉, 〈직조공 봉기〉 연작, 1897년

〈돌진 Sturm〉, 〈직조공 봉기〉 연작, 1897년

를 계기로 베를린 분리파가 결성되었다. 케테 콜비츠 역시 막스 리
버만의 제의를 받아들여 베를린 분리파의 일원이 되었다. 훗날 분
리파는 최초의 개혁적인 지향을 잃어버리고 새로운 아카데미의 회
원으로 전락해 갔지만 케테는 분리파 최초의 여성 회원으로 자리를
지켰다.

●

가장 행복한 시기의 역작, 〈농민전쟁〉 연작

●

〈직조공 봉기〉 연작 이후 10년 동안은 케테의 인생에서 가장 행
복했던 시기였다. 케테는 독일에서 가장 유명한 여성 예술가로 떠
올라, 자신이 공부했던 베를린여자미술학교에서 강의도 했다. 당시
케테는 "아무리 괴테라도 결코 여자는 될 수 없다."고 말할 만큼 여
성으로서 강한 자부심을 표출했다. 하지만 어떤 경우에도 여성이라
는 이유보다 예술가이자 한 인간으로 먼저 주목받기를 원했다.
1916년 여성 최초로 베를린 분리파가 주도하는 전시회의 심사위원
이 되었지만, 그 자리가 여성 예술가를 대변하는 몫으로 주어졌다
며 별로 내켜하지 않았다. 또 1917년에는 여성예술협회로부터 시
예술위원으로 추천받았지만 거절하기도 했다. 벌써 이때부터 먼 훗

날 사람들이 자신을 혁명적인 프롤레타리아 '여성 예술가'라고 못
박아 버릴지도 모른다는 고민을 하고 있었다는 듯이.

평론가들은 케테의 작품 세계를 '현실 예술'로 불렀다. '현실 예
술'이라 함은 케테가 교양 있는 시민계급의 예술인 '아틀리에 예술'
반대쪽에 있음을 뜻했다. 이에 케테는 다음과 같이 이야기했다.

"아틀리에 예술은 실패한 예술이다. 일반 관객이 이해하지 못하
기 때문이다. 그렇다고 일반 관객을 위한 예술이 밋밋할 필요는 없
다. 무엇보다 중요한 사실은 그들이 소박하고 참된 예술을 알아본
다는 점이다."

당시에도 판화는 회화나 다른 장르에 비해 예술 작품으로는 낮은
취급을 받았다. 케테 역시 그러한 사실을 모르지 않았지만, 케테는
좀 더 많은 사람들에게 직접 호소하는 가장 적합한 수단으로 판화
를 선택했다. 케테는 시민계급을 넘어 노동계급을 포함한 보다 광
범위한 대중에게 직접 호소하고자 했다.

"내 예술이 목적을 가졌다는 데 동의한다. 나는 인간이 이토록 어
쩔 줄 모르고 도움을 필요로 하는 이 시대에 영향력을 미치고 싶
다."

〈직조공 봉기〉 연작만으로도 충분히 명성을 누리며 살 수 있었지
만, 케테는 또다시 역사적인 사건에서 중요한 모티브를 얻은 작업
을 준비하기 시작했다. 케테는 〈농민전쟁 Bauernkrieg〉 연작을 시작할

때를 다음과 같이 회고했다.

"당시 나는 침머만의 《대농민전쟁사개설》을 읽고 있었는데 거기에서 농민들을 선동하였던 여자 농부 '검은 안나'를 알게 되었다. 그래서 불의에 항거해 떨치고 일어서는 농민 집단을 대형 판화로 만들었다. 이 작품에 의지하여 나는 연작을 완성해 달라는 의뢰를 받아들일 수 있었다. 연작들은 이미 완성된 이 작품에 연결되었다."

케테는 역사적인 사건들에서 영감을 얻은 연작들을 발표해서 명성을 얻기는 했지만, 역사학자의 입장에서 판화 작업을 하지는 않았다. 케테는 언제나 예술가였고, 당연히 예술가로서 작업에 임했다. 그럼에도 케테의 작품들이 워낙 강렬하기 때문에 그녀의 작품을 선동적이라고 느끼는 사람들도 많았다.

하지만 〈직조공 봉기〉 연작이나 〈농민전쟁〉 연작에는 억압당하고, 고통받는 사람들의 모습만 담겨 있을 뿐, 억압하는 자들의 모습은 보이지 않는다. 케테는 고통받는 사람들과 비탄에 빠진 민중이 떨쳐 일어나려는 역동성이 주는 아름다움에 주목했다. 결코 정치적 선전이 아니었다. 또한 케테는 무엇보다 작품의 예술적 완결성을 얻기 위해 심혈을 기울였다.

〈농민전쟁〉 연작은 〈직조공 봉기〉 연작이 그러했듯 하나하나의 작품을 완성하기 위해 무수히 많은 습작을 반복하고, 같은 주제를 다룬 수많은 작품들을 폐기해 가며 완성되었다. 〈농민전쟁〉 연작은

1903년 〈폭발 Losbruch〉을 시작으로 6년 동안 〈밭 가는 사람 Die Pflüger〉, 〈능욕 Vergewaltigt〉, 〈날을 세우고 Beim Dengeln〉, 〈무기를 들고 Bewaffnung in einem Gewölbe〉, 〈전쟁터에서 Schlachtfeld〉, 그리고 1908년 마지막 〈잡힌 사람들 Die Gefangenen〉을 완성하면서 마무리될 수 있었다. 참으로 길고 긴 작업이었다. 그래서 연작이었음에도 불구하고 작품의 순서와 작품의 완성 시기가 일치하지 않는다. 〈농민전쟁〉 연작은 1908년 역사미술학회에 의해 전체 연작이 출판되었다.

●

당신의 아들이 전사했습니다

●

　〈농민전쟁〉 연작을 끝마칠 무렵에는 케테도 어느덧 마흔 살을 넘어서 한층 더 원숙해지고 있었다. 케테는 이 무렵부터 일기를 쓰기 시작해 세상을 떠나기 직전까지 자신의 심경과 주변에서 일어난 일들에 대해 세세한 기록을 남겼다.
　이 일기를 보면 〈직조공 봉기〉 연작 이후 〈농민전쟁〉 연작에 몰두하던 때가 케테에게는 예술적 명성만큼이나 개인적으로도 매우 행복한 시대였음을 알 수 있다. 아이들은 무럭무럭 자랐고, 두 번에 걸쳐 빠리를 방문하기도 했다. 특히 1904년, 빠리에서 로댕을 만나 그의 조각들을 감상하게 된 뒤로, 조각이라는 새로운 장르에 대한 도전 의식도 강렬하게 생겼다.

케테는 1909년부터 독일의 유명한 시사주간지인 《짐플리시시무스》에 사회비판적인 그림을 게재하기 시작했다. 본래 《짐플리시시무스》는 풍자적인 삽화로 유명한 잡지였는데, 풍자와는 거리가 먼 케테의 작품을 게재한 것은 당시 그녀의 명성이 어떠했는지를 잘 보여 준다. 케테 역시 잡지의 성향이나 시간에 쫓기며 작업할 수밖에 없는 여건을 잘 알고 있었지만, 긴박하게 돌아가는 당대의 현실적인 고민과 상황들을 신속하게 대중 앞에 내보일 수 있다는 매력 때문에 게재하기로 했다. 하지만 《짐플리시시무스》에 실리는 케테의 그림에는 간혹 편집자들에 의해, 국수주의적으로 해석될 수도 있는 엉뚱한 설명이 붙고는 했다.

서서히 전쟁의 기운이 고조되어 가는 유럽에서 독일은 점차 민족주의와 국가주의적인 열기가 들끓고 있었다. 또한 19세기의 독일은 격변하는 불안의 시대였지만, 20세기로 접어들면서 사회는 조금씩 안정을 찾아가고 있었다. 비록 여전히 많은 사람들이 힘들게 살았지만 과거보다는 좋은 현실이었고, 미래는 좀 더 나아지리라 믿었다. 교육의 기회가 확대되었고, 전문적인 기술교육을 받은 사람들의 신분도 조금씩 상승했다. 당시 유럽 사람들은 분명히 미래는 낙관적이리라 예측했다.

케테는 고통받는 사람들과 비탄에 빠진 민중이
떨쳐 일어나려는 역동성이 주는 아름다움에
주목했다. 결코 정치적 선전이 아니었다.
또한 케테는 무엇보다 작품의 예술적 완결성을
얻기 위해 심혈을 기울였다.

〈진료실 앞에서 Beim Arzt〉,
《짐플리시시무스》 1909년 11월 29일 게재

　그러나 케테는 이 무렵부터 사회적인 이슈로부터 물러나 자신의
자화상을 주로 그리기 시작했다. 자화상 속의 그녀는 언제나 어둠
속에 반쯤 가려져 무언가 골똘히 생각하는 표정을 짓고 있었다. 케
테는 유명해지기 전이나 유명해진 뒤에나 변함없이 자신을 진솔하
게 표현하는 성품을 잃지 않았는데 일기는 그녀의 가장 좋은 친구
였다.

　전쟁을 전후해 그녀의 일기에는 전쟁에 대한 두려움으로부터 애
써 초연해지려고 노력하는 모습들이 담겨 있다. 그러나 이 불운하

고 가여운 어머니에게도 전쟁의 슬픔은 비껴가지 않았다.

1914년 10월 30일 금요일 일기에는 단 한 줄만이 적혀 있다.

"당신의 아들이 전사했습니다."

당시는 제1차 세계대전이 한창이던 때였고 수많은 젊은이들이 애국심에 사로잡혀 전선으로 달려가고 있었다. 케테의 아들 페터 역시 그런 젊은이들 가운데 한 명이었다.

제1차 세계대전은 1914년 6월 24일, 오스트리아의 황태자인 프란츠 페르디난트 대공이 얼마 전 오스트리아에 합병된 보스니아-헤르체고비나의 수도 사라예보를 방문했다가 젊은 보스니아 청년에게 암살당한 사건에서 시작되었다. 사실 19세기 말과 20세기 초에 정치적 암살은 비교적 자주 일어났기 때문에 이 사건이 전쟁까지 초래할 만큼 중대한 사건은 아닐 수도 있었다.

하지만 이미 여러 차례 전쟁을 치렀고, 전쟁을 치를 때마다 큰 희생 없이 어렵지 않게 승리했던 빌헬름 2세는 전쟁이 일어나면 오스트리아를 지원하겠다는 약속을 해 두고 있었다. 독일은 산업혁명을 통해 경제력을 키웠지만 영국, 프랑스 등에 비하면 원료를 수탈하고, 제품을 판매할 식민지가 부족했다. 독일 역시 프랑스, 영국과 함께 식민지를 놓고 치열한 경쟁을 벌이는 제국주의 국가가 되어 있었고, 식민지 경쟁에서 승리하고 유럽에서 주도권을 쥐기 위해서는 무엇보다 동맹국이 필요했다.

마침내 1914년 7월 28일, 오스트리아가 세르비아에 대해 전쟁을 선포하자 독일 역시 참전했다. 또한 세르비아와 동맹을 맺고 있던 러시아가 참전하게 되었고, 그다음에는 러시아와 동맹을 맺고 있던 프랑스와 영국이 잇따라 참전하면서 전쟁은 지역적인 사건에서 세계적인 규모로 확대되었다.

이전까지 전쟁들은 대부분 짧고 결정적인 전투 한두 번으로 종결되었기 때문에 비교적 사상자도 적고, 기간도 짧았다. 그래서 대부분의 독일 국민들은 이번 전쟁도 그리 오래가지 않으리라 생각했다. 전쟁이 벌어지자 독일 전역에서 환호성이 터져 나왔다. 대부분의 병사들은 조기에 승리를 거두고 아무리 늦어도 성탄절을 집에서 보낼 수 있으리라 믿었다. 황제 역시 자신만만하게 전선으로 떠나는 병사들에게 낙엽이 지기 전에 돌아오라고 격려했다. 하지만 그들이 간과한 사실이 하나 있었다. 산업혁명을 일으킨 과학기술의 발전이 더욱더 파괴적인 전쟁 무기를 만들었다는 사실 말이다. 결국 이 무기들은 보다 대량으로, 효율적인 살상이 가능한, 이전까지는 경험해 보지 못한, 누구도 상상하지 못한 참혹한 형태로 전쟁을 바꾸어 버렸다. 하지만 미처 이런 사실을 깨우치지 못한 수많은 젊은이들은 열렬한 애국심에 사로잡혀 전선으로 달려갔다.

케테의 아들 페터 역시 조국을 위해 참전하기를 원했다. 아버지 칼은 흥분으로 들뜬 아들 페터에게 말했다.

"조국은 아직 너를 필요로 하지 않아! 그랬다면 벌써 너를 소환했을 거야."

하지만 페터는 평소와 달리 아버지를 쳐다보며 확신에 찬 목소리로 외치듯 말했다. 평소라면 절대 하지 않았을 행동이었다.

"조국은 내 또래 아이들은 필요로 하지 않을지 모르지만, 조국은 나를 필요로 해요."

페터는 벌떡 일어나, 걱정 어린 눈초리로 바라보는 케테에게 아버지를 설득해 달라는 표정을 지어 보였다.

"엄마, 엄마는 나를 안아 주면서 이렇게 말했죠. '자신이 겁쟁이라고 생각하지 마라. 우리는 준비가 되어 있단다.'라고 말예요."

케테는 남편과 페터의 대화를 듣다가 자리에서 일어났다. 페터가 어머니에게 다가가 다정하게 끌어안았다. 케테는 이렇게 다정하고 친절한 페터가 전쟁터에서 죽지는 않으리라고 믿었다. 케테는 문에 기댄 채 아들의 이마에 입을 맞췄다. 이제 그들은 페터를 막을 수 없었다. 다음 날 아침 케테는 다시 페터를 설득했지만 그는 말을 듣지 않았다. 칼은 케테에게 "이젠 무슨 말을 해도 소용없다."며 힘없이 고개를 떨어뜨렸다. 아들은 어머니에게 고맙다며 입맞춤했고, 곧바로 칼이 서명해 준 입대 허가서를 들고, 자신이 배속된 연대로 달려갔다. 부부는 밤새 울고 또 울었다.

"아기의 탯줄을 또 한 번 끊는 심정이다. 살라고 낳았는데 이제는 죽으러 가는구나."

●

아들의 죽음을 넘어 반전 예술로

●

페터의 전사가 전쟁의 마지막 희생은 아니었다. 제1차 세계대전 기간 동안 독일에서만 1천3백만 명의 젊은이가 징집되었고, 그 가운데 1백70만 명이 전사했다. 유럽에서 한 세대가 전멸하는 어처구니없는 일이 벌어졌던 것이다.

아들의 비참한 죽음 뒤에 케테는 "나는 늙기 시작하여 이제 죽을 날만 기다리게 되었다. 그것은 내 인생에서 하나의 획을 긋는 사건이었다. 더 이상 똑바로 일어설 수 없을 정도로 나는 꺾여 버렸다. 이제는 어쩔 수 없이 저 아래로 가고 있나 보다."라고 일기에 적었다. 사랑하는 자식을 잃은 상심이 너무나 컸기 때문에 케테는 한동안 아무것도 할 수 없을 듯했다.

하지만 케테는 사랑하는 아들 페터를 잃은 상실감에서 벗어나 아들의 기념비를 세우겠다는 결심을 한다. 페터와 같은 젊은이들이

〈죽은 아이를 품에 안고 있는 여인 Frau mit totem Kind〉, 1903년

더 이상 희생당하지 않기 위해서는 앞장서서 전쟁에 반대해야 한다고 생각했기 때문이다. 케테는 한 잡지에서 이렇게 울부짖었다.

"이제 너무 많은 사람들이 죽었다! 더 이상 누구도 전사해서는 안 된다. 씨앗들을 짓이겨서는 안 된다."

제1차 세계대전은 페터가 죽은 뒤로도 5년을 더 끌다가 1919년 독일의 무조건 항복으로 끝났다. 하지만 전쟁이 끝났다는 소식을 들은 프랑스의 페르디낭 포슈 연합군 총사령관이 "이것은 평화가 아니다. 20년 동안의 휴전에 불과하다."고 말할 만큼 제1차 세계대전은 불완전한 상태로 종결되고 말았다. 전쟁의 원인이 되었던 유럽 열강의 식민 정책이 철회되지도 않았고, 패전국 독일과 승전국들 사이에 맺어진 베르사유 조약은 독일에게 너무나 가혹한 조건이었다. 프랑스는 드레퓌스 사건을 통해 성장한 시민 세력이 프랑스의 군부를 제어하는 데 성공했지만 독일이나 일본 같은 신흥 공업국들에는 아직도 전근대적인 유습이 강하게 남아 있었다. 더구나 비스마르크의 철혈 정책 이후 유럽에서, 특히 독일에서는 비대해진 군부 세력을 견제할 만큼 시민 세력이 성장하지 못했다.

주로 귀족들로 이루어진 독일 군부에서는 베르사유 조약을 체결하는 데 단 한 명의 대표도 파견하지 않았고, 조약 자체를 인정하지 않으려 했다. 패전의 책임조차 인정하지 않았다. 독일군은 마치 승전한 군대처럼 의기양양하게 브란덴부르크 문으로 개선했다. 극우 세력들은 공공연하게, 독일군은 전선에 용감하게 싸웠으나 후방의 정치인들과 독일의 영광을 시기한 내부의 불순한 세력(유대인)들이 농간을 부린 탓에 전쟁에서 패하고 말았다고 주장했다.

독일은 그나마 얼마 없었던 해외의 모든 식민지를 빼앗겼고, 프로이센-프랑스 전쟁으로 빼앗았던 알자스-로렌 지방을 다시 프랑스에 반환해야 했다. 또 독일인들은 엄청난 전쟁 배상금, 징병제 금지, 군함 보유량의 제한, 공군·잠수함 보유 금지 같은 내용을 담은 베르사유 조약을 '조약'이 아니라 '명령'이라고 불렀다. 전후 부족한 물자와 치솟는 물가, 피폐한 경제 상황은 치욕을 느낄 새도 없이 독일 국민들을 가난과 굶주림의 구렁텅이로 빠뜨렸다.

케테는 오래전부터 준비해 왔던 아들 페터의 기념비를 대신해, 자식을 잃은 모든 부모들의 마음을 대변하는 전몰 용사 기념비 〈부모〉를 세우기로 했다. 기념비 〈부모〉는 페터의 전사통지서를 받은 뒤, 장장 18년이란 긴 세월이 지나서야 완성될 수 있었다. 케테가 세운 이 기념비는 국가의 공식적인 의뢰나 유가족 협회의 주문을 받고 제작된 기념비가 아니었다. 그러나 케테와 칼 콜비츠 부부를 닮은 형상의 이 기념비는 오늘날까지도 전쟁으로 자식을 잃은 모든 부모의 가슴 위에 세워져 있다. 또한 이 기념비에는 사랑하는 자식을 잃고 전쟁으로 고통받았던 독일 국민들에게 두 번 다시 씨앗이 짓이겨지는 일은 없어야 한다는 경고의 메시지도 담겨 있다.

〈전쟁은 이제 그만!Nie Wieder Krieg!〉, 1924년

그 사이에도 케테는 계속해서 전쟁을 기억하는 작품들을 만들었는데, 1922년 〈전쟁 Krieg〉 연작을 완성하게 되자 평화주의자이자 작가였던 로망 롤랑에게 작업을 마무리했다는 편지를 썼다.

"나는 그 전쟁을 형상화해 내기 위해 무던히 애썼지만 그것을 포착할 수 없었습니다. 이제야 비로소 내가 말하고 싶었던 이야기를 어느 정도 표현한 목판화 시리즈를 완성하게 되었습니다. 모두 일곱 개의 판화입니다. 그 제목은〈희생 Das Opfer〉, 〈지원병들 Die Freiwilligen〉, 〈부모Die Eltern〉, 〈과부1Die Witwe1〉, 〈과부2Die Witwe2〉, 〈어머니들Die Mutter〉, 〈민중Das Volk〉입니다. 이 그림들은 마땅히 온 세계를 돌아다니며 이렇게 말해야 합니다. 보시오, 우리 모두가 겪은 이 참담한 과거를."

케테의 〈전쟁〉 연작 가운데 특히 〈희생〉은 제국주의의 침탈로 고통 받고 있던 머나먼 중국에도 큰 영향을 끼쳤다. 케테 콜비츠의 작품을 처음 접하게 된 루쉰은 케테의 작품을 중국 사회에 널리 소개하면서 오랫동안 일본제국주의에 신음하고 있던 중국인들이 힘을 얻기를 바랐다. 오랫동안 판화의 전통을 가지고 있었던 중국에서는 이 일을 계기로 다시 활발한 판화 운동이 시작되어 현재까지 이르고 있다.

혼돈의 독일에서 양심의 소리를 그려 내다

패전 이후 독일은 극심한 좌우 대립으로 혼란에 빠져들었다. 급진적인 좌파였던 스파르타쿠스단의 봉기가 일어나자 군부를 비롯한 극우 세력은 이 일을 빌미로 로자 룩셈부르크와 칼 리프크네히트 등 독일의 좌파 지도자들을 무참하게 살해했다. 두 사람은 독일 사회민주당이 제1차 세계대전 참전을 지지하자 반대 의사를 표명하고, 폴란드 사회민주당과 독일 공산당의 전신인 스파르타쿠스단을 창설해 혁명을 통한 전쟁 종식과 민중정부 수립을 위해 투쟁해 온 주역이었다. 두 사람이 살해당한 뒤 리프크네히트의 유족들은 케테를 찾아왔다. 유족들은 케테에게 고인이 된 리프크네히트의 시신을 그려 달라고 부탁했다. 케테는 리프크네히트의 정치적 입장, '혁명'이나 '무장봉기' 같은 방식에는 동조하지 않았지만 그의 장례식에서 매우 강렬한 인상을 받았다.

"그를 애도하기 위해 모여든 수천의 인파는 내게 강렬한 인상을 남겼다. 그리고 나로 하여금 이것을 작품으로 옮기도록 했다. 동판으로 시작했지만 곧 그만두고 석판으로 다시 했는데 그것도 그만두었다. 결국에는 목판으로 다시 시작해 끝을 보게 되었다."

"나는 그 전쟁을 형상화해 내기 위해
무던히 애썼지만 그것을 포착할 수 없었습니다.
이제야 비로소 내가 말하고 싶었던 이야기를
어느 정도 표현한 목판화 시리즈를 완성하게 되었습니다
이 그림들은 마땅히 온 세계를 돌아다니며
이렇게 말해야 합니다.
보시오, 우리 모두가 겪은 이 참담한 과거를."

〈어머니들 Die Mutter〉, 〈전쟁〉 연작, 1922년

유족들의 제안으로 시작된 판화 작업은 2년이 걸렸고, 판화에는 '산 자가 죽은 자에게, 1919년 1월 15일을 추억하며'라는 글귀가 새겨져 있다.

시간이 흐를수록 케테에게는 너무나 많은 슬픔과 죽음이 켜켜이 쌓여 갔다. 과거에는 그토록 단호하게 저항과 투쟁의 전선에 서 있던 케테였지만, 제1차 세계대전과 그 뒤에 벌어진 비극적인 사건들로 이제 그녀는 죽음과 더 깊숙이 대면할 수밖에 없게 되었다.

케테 콜비츠의 철학이나 삶의 태도를 보면, 좌파적 예술가에 가깝다고 할 수 있다. 하지만 케테의 역사적인 연작들이 역사 서술자나 학자의 입장이라기보다는 그저 예술가의 작품이었듯이, 케테의 행동이나 실천 역시 특정한 정치적 입장이나 노선을 표방하지는 않았다. 케테는 언제나 자신의 양심에서 우러나는 목소리를 세상에 전하고자 노력했다.

"제발 사람들이 나를 좀 조용히 내버려 두었으면 한다. 나는 예술가로서 이 모든 것들을 감각하고, 감동을 느끼고, 밖으로 표출할 권리를 가졌을 뿐이다. 그러므로 나는 리프크네히트의 정치 노선을 추종하지는 않지만, 리프크네히트를 애도하는 노동자들을 묘사하고 노동자들에게 그 그림을 증정할 권리가 있다."

케테는 리프크네히트를 추모하는 판화 작업을 마친 뒤부터 다시 정력적으로 일하기 시작했다. 수많은 아이들이 굶주리고 있는 당시의 상황이 그녀로 하여금 도저히 손을 놓고 있을 수 없게 했다. 케테 콜비츠는 연달아 〈빈이 죽어 간다! 그곳 어린이들을 구하라 Wien Stirbt! Rettet Seine Kinder!〉, 〈러시아를 돕자 Helft Russland〉, 〈전쟁은 이제 그만! Nie Wieder Krieg!〉, 〈독일의 아이들이 굶주린다! Deutschlands Kinder hungern!〉 등 포스터를 위한 판화 작업에 몰두했다. 긴급한 사안이었으므로 작품 하나하나를 쫓기듯 완성해야 했지만 이 시기에 만들어진 그녀의 작품들 역시 예술 작품으로 손색이 없었다.

사람들은 실의에 빠졌고, 독일은 경제공황과 엄청난 인플레이션으로 땔감 대신 지폐를 불태워야 하는 상황이었다. 비탄에 빠진 독일 국민들은 이런 상황을 타개해 줄 지도자가 나타난다면 무엇이든 바칠 수 있다고 생각했다.

이처럼 극심한 혼란기에 등장한 사람이 바로 아돌프 히틀러다. 많은 사람들이 히틀러를 도탄에 빠진 독일을 구원할 지도자로 보았지만 케테를 비롯해 알베르트 아인슈타인, 하인리히 만, 아놀드 츠바이크 등은 히틀러와 나치즘이 도리어 시민사회를 위협하고, 독일을 또 한 차례의 전쟁으로 몰고 갈 주범이 되리라고 보았다. 이들은 제국선거를 앞둔 1932년 7월 18일, 파시즘의 위협에 맞서 좌파들의 단결을 촉구하며 긴급한 사태를 알렸다. 하지만 히틀러는 당시 가장 선진적인 헌법으로 알려진 바이마르 헌법의 합법적인 절차를 통해 독일 수상이 되었다. 히틀러가 수상이 되자 이번엔 두 번째 긴급

〈독일의 아이들이 굶주린다!Deutschlands Kinder hungern!〉, 1924년

호소문이 작성되었다.

"지금 이 순간 파시즘을 거부하는 모든 세력들이 원칙에 상관없이 결집되지 않는다면 독일의 모든 개인적, 정치적 자유는 곧 압살될 것이다."

그러나 노동자들은 히틀러가 경제를 회생시킬 수 있으리라 믿었고, 상처받은 독일의 자존심을 다시 세워 줄 적임자라고 생각했다. 좌파 세력의 성장에 위기의식을 느낀 자본가와 종교인, 지주들 역시 무기력한 민주주의와 위협적인 사회주의의 대안으로 나치당을 선택했다. 히틀러와 나치당에 저항했던 사람들은 하나하나 제거되었다. 케테와 하인리히 만 역시 나치의 압력으로 프로이센 예술아카데미를 탈퇴해야만 했다. 하인리히 만은 예술아카데미를 탈퇴한 뒤 곧바로 망명했지만, 케테 콜비츠는 독일 국내에서 망명자처럼 살아야 했다.

1933년 2월 27일, 히틀러가 수상 자리에 오른 지 한 달여 만에 독일제국 의회의사당 방화 사건이 일어났다. 누가 보아도 나치당의 조작이 분명했지만 히틀러와 나치당은 방화 사건의 배후로 독일 공산당을 지목했다. 나치는 사건 당일 밤 안으로 4천여 명에 달하는 공산당원과 그들의 정적을 공범으로 몰아 체포했고, 국가 안보가 위태롭다는 명분으로 시민의 안전을 보호하는 '인신보호법'을 무력화시키는 '긴급명령'을 발효시켰다. 케테와 동료들이 경고했던 대로 독일 어디에서도 시민의 안전을 보장받을 수 없었다.

독일 시민들은 저항하지 못했다. 처음에는 장애를 가진 사람들이, 그다음에는 오래전부터 인종적 편견과 소수자라는 이유만으로 증오의 대상이 되었던 유대인들이 거리에서 사라졌다. 그리고 다음에는 공산당원이, 다시 그다음에는 사회민주주의자들이 제거되었다. 하나씩 하나씩 나치의 눈에 거슬리는 사람들이 사라진 뒤에는 언제 자기 차례가 올지 몰라 전전긍긍해야만 했다. 저항할 정치 세력, 도와줄 사람이 사라지자 독일 시민들은 나치의 명령을 순순히 따르든지 아니면 쥐도 새도 모르게 사라지든지 둘 가운데 하나만을 선택할 수 있었다. 대부분의 사람들은 침묵했다.

●

씨앗들을 짓이겨서는 안 된다

●

1933년 3월 13일, 독일에서는 이른바 독일 정신에 위배되는 칼 마르크스, 지그문트 프로이트, 에리히 케스트너 등 1백31명에 이르는 작가와 지식인들의 책이 불태워졌다. 또 1937년에는 '퇴폐미술전'이란 전시회를 기획했는데, 오스카 코코슈카, 에밀 놀데, 오토 딕스, 게오르그 그로츠, 아메데오 모딜리아니, 마르크 샤갈, 파울 클레,

라이오넬 파이닝거, 바실리 칸딘스키, 오스카 슐레머, 바우하우스의 작품들이 독일 정신을 좀먹는 '퇴폐예술' 죄목으로 끌려 나왔다. 이러한 전시는 이듬해까지 뮌헨에서 함부르크 등지로 이어졌는데 관객이 많은 날은 하루에 4만 명이 몰려들 만큼 대성황을 이루기도 했다.

한편 나치의 박해를 피해 알베르트 아인슈타인, 하인리히 만, 베르톨트 브레히트, 브루노 발터 등 수많은 예술가와 지식인들이 망명을 떠났다. 그러나 케테는 여전히 떠나지 않았다. 케테는 이 무렵 세계를 뒤덮은 죽음의 기운과 홀로 투쟁하고 있었다.

1936년, 케테가 70세가 되던 해에 나치는 케테에게 어떤 전시회도 개최할 수 없고, 참석할 수 없다고 통보했다. 아무리 그렇게 케테를 가두어도, 70세 생일을 맞았을 때 사람들은 케테를 잊지 않았다. 비록 정부 당국의 공식적인 축하는 없었지만 사람들은 괴벨스가 주도하는 퇴폐미술전에 참가하기 전에 먼저 케테 콜비츠를 기억했고, 세계 여러 곳에서 축하 메시지를 보내 왔다. 미국에서는 케테의 70세 생일을 기념하여 작품전 개최를 제의해 왔고, 중국에서 루쉰은 다음과 같은 말로 케테에게 경외심을 표했다.

"이 위대한 예술가는 오늘날 침묵을 선고받았지만 그 작품은 점점 극동에까지 퍼지고 있다. 예술의 언어가 이해되지 않는 곳은 없기 때문이다."

케테가 침묵하고 있는 동안 죽음의 기운은 그녀의 온몸을 사로잡았고, 세상은 다시 전쟁의 불구덩이에 빠져들고 있었다. 1939년 9월, 독일은 폴란드를 전격 침공하면서 제2차 세계대전을 일으켰다. 전쟁이 일어난 이듬해 남편 칼 콜비츠가 죽었고, 1942년 9월에는 제1차 세계대전에서 전사했던 아들의 이름을 이어받은 손자 페터가 동부 전선에서 전사했다. 오랫동안 죽음을 친숙한 친구처럼 여겨 왔던 케테 콜비츠는 마지막 힘을 기울여 마치 유언과 같은 작품을 남겼다.

"'씨앗들을 짓이겨서는 안 된다.' 이제 이것은 나의 유언이다. 요즈음은 무척 우울하다. 나는 다시 한 번 똑같은 것을 파고 있다. 망아지처럼 바깥을 구경하고 싶어 하는 베를린의 소년들을 한 여인이 저지한다. 이 늙은 여인은 자신의 외투 속에 소년들을 숨기고서 그 위로 팔을 힘 있게 뻗치고 있다. 씨앗들을 짓이겨서는 안 된다. 이 요구는 〈전쟁은 이제 그만!〉에서처럼 막연한 소원이 아니라 명령이다. 요구다."

케테 콜비츠는 제2차 세계대전이 끝나기 얼마 전인 1945년 4월 22일 세상을 떠났다. 불행 중 다행으로 케테는 고향인 쾨니히스베르크가 사라지는 모습도, 독일이 다시 분단되는 모습도 보지 못했다. 너무나 괴로웠기에 세상과 작별할 시간만을 염원했던 한 여인이 세상을 떠났다는 사실은 전쟁이 끝나기 전까지는 외부 세계에 알려지지 못했다. 전쟁 속에서 태어나 전쟁 속에 세상을 떠난 케테 콜비츠는 그녀의 마지막 작품에 등장하는 여인처럼, 아니 인류의 모든 어머니들처럼 나약하고 가녀린 생명들을 품 안에 가득 안고 있었다.

〈살아남은 자들 Die Überlebenden〉, 1923년

● 케테 콜비츠에 대한 평가

케테 콜비츠는 초기 사회주의 시대를 살아간 예술가였다. 케테의 삶과 예술은 위대한 모든 예술가들이 그러하듯 시대를 앞지르거나 혹은 시대와 호흡한 결과물들이었다. 케테 자신이 생전에 인정했듯 그녀는 사회주의자였다. 케테에게 그리스의 이상미나 미에 대한 법칙은 의미가 없었다. 케테에게는 고통받는 노동자들의 곤궁과 비참한 상황에 힘이 되어야 한다는 의무감이 우선이었다. 케테 자신도 그런 사실을 잘 알고 있었고, 이것이 당시의 예술 풍조와는 거리가 멀다는 사실도 알고 있었다.

하지만 케테는 삶이 없이는 예술도 존재할 수 없다고 믿었고, 그런 의미에서 자신을 노동자만을 묘사하고 대변하는 예술가로 낙인찍으려는 모든 시도에 저항했다. 케테는 온몸으로 고난을 겪으면서 인간의 고난, 특히 여성으로서, 어머니로서 이 모든 고난을 뛰어넘는 예술가였다. 케테는 자신의 작품에 대해 이렇게 말했다.

"각각의 작품마다 나는 훌륭한 작품이어야 한다는 요구를 했고, 그에 따라 엄격하게 작업했기 때문에 아무런 부채도 없습니다."

케테는 예술을 계급 투쟁의 목적으로 생산한 것이 아니라 보다 큰 인류애와 휴머니즘의 발현을 위해 한 인간으로서, 어머니로서, 예술가로서 최선을 다했다.

나치에 저항했기 때문에 케테의 모든 작품은 전시가 금지되었다. 그러나 전쟁이 끝나자마자 1945년 10월의 베를린 기념전을 시작으로 케테의 작품들은 분단된 동·서독을 오가며 끊임없이 전시되었다. 이는 다시는 끔찍한 전쟁을 되풀이해서는 안 된다는 독일 국민들의 염원을 담은 것이었고, 평화를 염원하는 케테의 작품들은 국경을 넘어 미국에서, 다시 유럽의 여러 나라들에서 햇불처럼 번져 나갔다. 마침내 1967년, 케테 콜비츠의 탄생 1백 주년에 즈음해서는 세계 여러 나라에서 대규모 기념전이 열렸다.

케테의 판화들은 그녀의 생전이나 사후에나 고통받는 곳, 고난에 처한 민중이 있는 곳이면 어디에서나 가장 큰 위안이자 힘이 되었다. 특히 1930년대 루쉰에 의해 중국에 소개되면서, 중국 근현대미술사에서 가장 중요한 사건 가운데 하나였던 신흥목판화운동에 막대한 영향을 끼쳤다. 또한 오랫동안 군부독재 아래 신음하고 있던 한국에 소개된 케테 콜비츠의 작품들은 민주화운동에 나서고 있던 예술가들에게 중요한 본보기가 되었다.

전쟁 · 파시즘의 희생자들을 추모하는
Neue Wache 중앙에 있는
〈죽은 아이를 안고 있는 어머니
Mütter mit totem Sohn〉